芝村裕吏
イラスト／長田 馨
原案／ソニー・コンピュータエンタテインメント
ガンパレード・マーチ
Gunparade March
another princess
アナザー・プリンセス
JN286596

目次

深澤正俊
FUKAZAWA,Fukazawa
堀立瑞希
HORITATE,Mizuki
秋草一郎
AKIKUSA,Ichiro
小山美千代
KOYAMA,Michiyo
菊地優奈
KIKUCHI,Yuna
末綱安種
SUETSUNA,Yasutane
對馬智
TSUSHIMA,Satoshi
芝村神楽
SHIBAMURA,Kagura
赤澤正雪
AKAZAWA,Masayuki

宮石忠光
MIYAISHI,Tadamitsu
壬生屋未央
MIBUYA,Mio
善行忠孝
ZENGYO,Tadataka
滝川陽平
TAKIGAWA,Yohei
芝村舞
SHIBMURA,Mai
速水厚志
HAYAMI,Atsushi
瀬戸口隆之
SETOGUCHI,Takayuki
原素子
HARA,Motoko
東原ののみ
HIGASHIHARA,Nonomi

ガンパレード・マーチ®
Gunparade March another princess
アナザー・プリンセス

芝村裕吏

イラスト／長田 馨

原案／ソニー・コンピュータエンタテインメント

デザイン／渡邊宏一(2725Inc.)

プロローグ

一九四五年
全世界規模で行われた人類同士の戦い、すなわち第二次世界大戦は、意外な形で終結を迎えることとなった。
黒い月の出現。
それに続く、人類の天敵の出現である。

人類の天敵。

これを、幻獣《げんじゅう》と言う。

神話の時代の、獣たちの名を与えられた、本来、我々の世界にありえない生物である。

生殖もせず、口もなく。

幻のように現れ、身に貯えられた栄養が尽きるまで戦い、死んで幻に帰る。

ただ、人を狩る、人類の天敵。

人は、それがなんであるかを理解する前に、そして人類同士の戦いの決着を見る前に、まず自身の生存のため、天敵と戦うことを余儀《よぎ》なくされた。
それから、五〇年。
戦いは、まだ続いている。

第一章

1

泥の、中にいる。


弱い雨が打つ瓦礫《がれき》の山に、階段だけ残っている。

階段に力なく座って雨を見上げる一人の学生が、いる。

男ではある。だが力強さはない。眉目秀麗《びもくしゅうれい》ではある。だが頭上の低い雲の如《ごと》き憂鬱《ゆううつ》が、学生の眉間《みけん》にも表れていた。名を秋草一郎《あきくさいちろう》という。一郎は雨に打たれながら、何もかもを憎んだ。とりわけ空を。この低い空を。


学生と書いた。だがこの時代、この場所は交戦地域に指定されている。ただの学生がこうしていられるわけもない。有事法制の中にあって、交戦地域に指定された場所から民間人は半ば強制的な退去が求められる。退去を求められない法的資格者は交戦者、即《すなわ》ち兵士であった。

学生は兵士でもあった。学兵という。学籍のまま兵士として駆り出された存在である。これもまた法によって定められている。それは負けて滅びようという日本国の、醜悪《しゅうあく》な法である。愛国の名の下に戦死によって足りなくなった兵士の数をより幼い命で間に合わせる、そういう法だった。これは非常時であると政治家は泣きながらこの法を成立させたが、その政治家たちは今、夏の参院選挙に忙しい。

秋草一郎という学兵は、階段だけ残る瓦礫の山の上から地上を見渡す。昨夜からの味方の準備砲撃と、敵の対抗砲撃によって、かつて人の住んだ街が一つ、丸々瓦礫の山と化している。敵も味方もこの瓦礫の山から何を奪い、何を取り合うというのか一郎にはわからなかった。数時間前まではその瓦礫の山を縫《ぬ》うようにいくつにも分かれた学兵の列が前進し、突撃し、血の華を咲かせていた。

数時間経った今は、葬送《そうそう》の列のように学兵たちが疲れた足取りで後方へ撤退しつつある。今日もまた、何百だかの命と、いくつかの土地を失い、その替わりに国が滅びるのを一日延ばした。

一郎は忌々《いまいま》しい空を見上げる。見上げる顔は泣きそうで、悲しい。

悲しくはあるが、手に持った薔薇《ばら》が一輪ある。どこか場違いでひどく綺麗《きれい》な赤い薔薇。モノトーンの世界の中で、それだけが異彩を放っている。

一郎の目の前を、列になって撤退する学兵たち。誰も一郎には見向きもしない。自分の足元だけを見ながら、瓦礫ばかりの道を行く。

一郎は微笑《ほほえ》んだ。誰も、ではなかった。そのうちの一人が顔を上げ、階段に座り込む一郎を見ていた。

放っておけばよさそうなものを立ち止まり、仲間に断って列をはずれた。末期戦を示すような昨今の情勢にあって、その行為は愚《おろ》かでもあり、それだけでもう英雄的な行為でもあった。

大股で歩き、一郎の前に立つヘルメットをつけた少女。背は一郎とあまり変わらぬが、日々の戦争が彼女の細腕を逞《たくま》しくしているように見える。バイザーを上げたヘルメットをきっちりとかぶった様子からは生真面目が見え、染めることもままならぬ黒い髪からはいたましさを、小銃に拳銃、手榴弾《しゅりゅうだん》と完全武装の姿からはエリートであることが見て取れた。物資不足に泣く昨今、一人前の装備を揃えるにも努力は欠かせない。

「どぎゃんしたんね。そこさん座っとったら危なかばい」

少女は飾らない地の言葉で、そう言った。熊本弁だった。一郎は笑って首を振る。

「ごめん。こっちの言葉はあまりわからない」

「綺麗な共通語ばしゃべらす。あー。えーと、どこの部隊かわからないけど、そこに座っていたら、危ないよ?」

国語を褒《ほ》められたのは初めてだな。一郎は微笑みながらそう思った。微笑みをどう思ったか、少女のほうは顔をしかめている。

「幻獣が、もうそこまで来ている。伝わってる？」

「……知ってるよ」

少女はますます、顔をしかめる。

「……仲間か誰か死んだ？」

「いつもどこかで、誰か死んでる」

「そうね。私の家族だって、八代《やつしろ》会戦で死んでる。……でも、立ちなっせ。生きとる限り、がまだすばい」

「貴方《あなた》はいい人だね、小山美千代《こやまみちよ》さん」

目を大きく開ける少女。一郎が告げた名は少女の名前だった。いったいどうして名を知ったのだろうという顔をしている。一郎はそんな小山の目を覗《のぞ》き込みながらおどけて言った。

「でも、僕は死ねないんだ。心配はしないでいい」

「戦場におると、そぎゃん人、いるわ。根拠のない自信。投げやりな態度。そうね。戦死して〈傷ついた獅子章《ししししょう》〉をもらう直前の百翼長。そんな感じ？」

「あいにくそんなに階級は低くない。残念ながら死ぬこともできそうもない。僕は、優秀だからね。悲しいけれど、たぶん明日も戦うことになるだろう」

小山のうしろから、別の娘が近づいてくる。小山ほど背が高いでもなく、筋肉があるでもない。その分すばしっこく動きそうな印象ではある。

未だ、どうにかして髪を脱色しているところから、戦争以外のことにも熱意を持っているように見えた。今の時分、そんな見た目では非国民扱いされてもおかしくなかったが、彼女の場合、だからといって世間や国を恨むこともなく、飄々《ひょうひょう》と過ごしているようでもあった。

「美千代、行くよ。ほっときなって。その人たぶん、狂ってる。武器だって持ってないじゃん。脱走兵かも」

「でも。えーと」

小山と呼ばれた少女は迷ったあと、迷ったことに腹を立てた。一郎の手を引く。

「ああもう！　よかけん！　来る。ちゃんと来る！　うまかご飯馳走《ちそう》してあげるから！　人生投げない！　私とあんまり年齢変わらないのに、わかったようなこと言わない！」

一郎はそれを聞いて、我が意を得たりと春のように笑った。

小山の手に、一輪の赤い薔薇を手渡す。

「うちの隊長から。せめてものお礼にだって」

小山は意味がわからない。わからないというよりは、思考停止している。渡された赤い薔薇と、一郎を交互に見て、にわかに頬《ほお》を赤くした。

「現時点をもって君たちは僕の指揮下に入る」

もう一人の少女が派手に小山を引っ張らなければ、その言葉も耳に入らなかったろう。どういうことだと小山はようやく薔薇から目を離した。

一郎は微笑んでいる。

「君たちに命令が届くのは五秒後だ。三、二……一」

二人の左手が震えた。軍務に着く際、強制的に左の掌《てのひら》に埋め込まれた多目的結晶からデータが受信されている。二人は顔を見合わせた。

「命令を確認したら走ろうか。敵は友軍の撤退を快く思ってない。邪魔しにくるだろう。だが、そうはさせない」

一郎は立ち上がって雨に濡れる肩を払った。足元に設置していた振動マイクを取り上げ、ポケットに入れる。

「邪魔の邪魔を、僕たちがやる。いいね」

小山は左右を数秒見たあとで薔薇を持ったまま天を仰いだ。罠《わな》に掛かった気分。

「あんたの名前は⁉　私は菊池優奈《きくちゆうな》」小山の隣《となり》の少女が言った。

「秋草一郎。階級は技術万翼長。配属はC４I　０１０１　部隊名、二度寝天国。たった今、君たちも臨時配属された。現況が更新された。排除目標はこちらに向かって移動してる。振動から種族特定。〈ミノタウロス〉。数は五、もしくは六」

ミノタウロスといえば、中型幻獣の中でも一際強いと言われている。

「「最悪」」

小山と菊池は同時に言った。

「僕の指揮下に入るほどじゃない」

それを秋草は鼻で嗤《わら》った。そして、瓦礫の中にあって未だに崩れ落ちていないホテルのビルを指さした。

「敵の歩兵を排除しながら、僕はあのビルに昇りたい」

小山と菊池は釣られてビルを見る。現場唯一《ゆいいつ》の高所。攻撃、撤退。何をするにも確かにあの場所は欲しい。対戦車兵器どころか拳銃も持っているようには見えないが、秋草の言うことに破綻《はたん》はない。

少し考えたあと、小山はうなずいた。その様子を見て嫌そうに菊池もうなずいた。

「よくわからんばってん、わかった。OK、やってやろうじゃない」

一郎は、にこっと笑った。

「ありがとう。君たちは話が早くて助かる。愛している」

手に持った薔薇をうしろ手に隠し、にわかに横を向いて小山は顔を赤らめた。本来なら、はあ？　とでも言い返してやるところではあるが、乙女的にはあまりのことで思考停止してしまった。愛してる。愛してるって今こいつなんて言った。あ、愛してるですと。え、嘘。

菊池は小山の姿を見て、ため息をついて頭を振る。

「正式な命令ならしゃーない。あそこにまっすぐ行けばいいの？」

「ルートは僕が指示する」

一郎は思ったよりずっと身軽に走りながら言った。そりゃ武器も持たなきゃ軽いわよねと考えながら、小山は薔薇を弾帯に挿《さ》して、追いかけた。五歩遅れて菊池が銃を構え、前屈《かが》みになりながら走って行く。

瓦礫の山を走り、飛び越え、横から飛び出てくる何かが何かを理解する前に突撃銃で射殺する。殺したものは紅い一つ目で矮軀《わいく》の化け物。銃の先でひっくり返し、一応もう一発撃った。

「敵、タイプ〈ゴブリン〉」

「あいつら、うじゃうじゃいるよ。数が勝負だもん」

「他に味方は？」

射撃で頭が冷えたのか、小山は半透明プラスチックの弾倉を見ながら尋ねた。

半透明プラスチックの弾倉はおもちゃのようだが、弾を数えながら撃たないでいいので前線では好評だった。うじゃうじゃと湧き出る敵と戦うには、残りの弾が心もとない。

「他に味方はいない」と一郎がこともなげに答える。

「本気？　バンザイアタックするにも少なすぎない？」

「後退しながら再編成する時間的余裕はない。必須の排除目標は多くない。それ以外は排除よりも無視を優先する」

このあたりは特に瓦礫が多く入り組んでいる。再び現れたゴブリンを射殺し、アサルトライフルから拳銃に持ちかえ、がっちりと両手でホールドして、二人の少女兵は、周囲警戒した。狭いところでは突撃銃より拳銃のほうが取り回しがいいうえに、弾も多少の余裕がある。

「銃を持ってない理由、聞いてもいい？」

警戒しながら小山は尋ねた。

「そういうのは僕の任務には入ってない」

「排除目標とか言ってたよね……敵と言わないんだ」

「そんな曖昧《あいまい》な言い方は好きじゃない」

冷たい言い方。小山は秋草を睨《にら》んだ。

「そういう言い方、好きじゃない」

「ごめんね。理系なんだ」

一郎は笑って答える。答えになってないと小山は思ったが、一郎が眉目秀麗なので、黙ってしまった。戦闘についてはわかっても、男子相手にどんなやりとりしていいかわからないのが当代の女子学兵である。

一方冷静な菊池は、遮蔽物《しゃへいぶつ》である残った壁からビルを見た。

「あそこに昇るのは、結構大変だよ。敵もたぶん、同じとこ目指してる」

「だろうね。近隣で高所はあそこだけだ。普通なら狙撃手を置いてもおかしくない。味方の狙撃兵がいればもっと楽だった」

やはり腹を立てようと、小山は一郎を睨んだ。

「狙撃兵だって家もあれば兄妹もいるわよ。味方撤退の捨て駒になれって？」

「僕ならもっと有効活用するよ」

そう言い放つ一郎。理系ってみんなこういうけすかない奴なのかなと、小山は一郎を睨んだ。ただ睨むだけでなく、うなる。

とはいえ、正式な命令は出ている。このうえは命令を守って死ぬか、命令を無視して銃殺されるかの違いしかない。だったら友達に迷惑のかからないほうを選ぼう。小山はそう思う。

「それ、信じるからね。私が死んでも仲間は助けて」


小山と菊池は互いの顔を見合せながら手榴弾を用意した。四つ。狭く入り組んだところでは、これほど有難い武器もない。

投擲《とうてき》。転がり爆発する。小山たちは拳銃を構え、警戒しながら突入した。閃光と大音量と破片が飛び散る。爆発で一時的に無力化しているゴブリンたちの横をすり抜け、ビルの入り口に取り付いた。一郎は小山と菊池を悠然と追って歩く。

「入り口確保。菊、弾薬残少《アモロウ》」

「小、アモロウ」

互いにそう声を掛けながら、ビルの中に入る。思ったより綺麗なホテルのロビー。数日前までは宿泊施設として味方が使っていたのかもしれない。

最小限の員数で急いで来たのが功を奏したか、敵はまだ建物の中に入っていなかった。小山の中に不意に希望が湧き上がった。これなら二人と一人でどうにかなるかもしれない。狭い出入口で粘れば、少数で多数を相手にできる。少なくともまあ、弾が切れるまでは。

「弾、あんまりないよ。あまりもたない。ここで、押さえてるから、急いで」

小山がそう言うと、一郎は頭を振った。手を伸ばす。

「一緒に行こう」

男の子から手をさし出されるなんて、小山は経験したことがない。それで顔を赤くする。手をさし出したほうはなんの感慨もなく、淡々と言った。

「確保の必要はない。僕の任務には君の生存も含まれている」

「ここ放棄《ほうき》したら敵が上ってくるでしょ。逃げられなくなる」

「いや。逃げられる。行こう」

秋草は再度手を伸ばした。

「おいしいご飯、食べさせてくれるんだろう？」

小山は一〇秒考え、仕方がないので揃えた左手の指で一郎の手に触れた。上目がちに一郎を見る。得体がしれない男子の手を取るなんて、私もやきが回ったなと思った。

でもその笑顔は、悪くない。そんな気がした。

それで結局、菊池と二人、ぎゃあぎゃあいいながら射撃して階段を昇っている。そのうしろから大挙して昇ってくるゴブリンの群を、拳銃で、突撃銃で、手榴弾で、たまには脚で押し返し、どんどん上に後退している。

「ほんとに大丈夫なの!?」

「知らないよ、いいから撃っちゃえ」

菊池と小山は拳銃を小さく構えて撃っている。突撃銃の弾はとうに切れていた。

「拳銃くらいの威力じゃ、敵、殺せないからね」

「殺さないでいい」

そう返しながら、最後の十三段を昇りビルの屋上に着いた。一郎の前髪が風に揺れている。いつの間にか雨は止み、厚い雲を貫いて陽光の槍《やり》が幾つか地上に突き刺さっていた。

その幻想的な風景の中を、もっとも幻想的な存在、幻獣が歩いている。牛頭人身の巨人たち、ミノタウロス。確かにまあ、牛頭人身と言えなくもない。首は人のその形から遠く、なだらかにドームを作っている。牛の角に似た飾りが、その頭を飾っていた。紅い目は四つ。バランスが崩壊して見える巨大な拳《こぶし》は、それでいくつもの戦車を、人間を投げ飛ばし、破壊してきた。

距離五〇〇メートルにある六体のミノタウロスを眺めながら、一郎は背に誰かがくっついたことを感じた。後退する小山だった。

「もう駄目」

「いや、ここからさ」

一郎は懐《ふところ》からペンを取り出した。スイッチを入れる。

歩く幻獣ミノタウロスにペンを向ける。

「なんなのよそれ！」

一郎は無視して空を見上げた。

釣られて小山は顔を上げる。厚い雲を縫《ぬ》って、最近とんとお目に掛からなかった空軍機が爆弾を投下している。あれは鷲天《しゅうてん》というんだっけなと小山は思った。昔はF－15といったらしい。

爆弾はビルの頭上を通り越し、正確にミノタウロスに命中した。爆発の直撃で大きく仰け反り、内臓をばら撒きながら倒れるミノタウロス。それでも一〇メートルを超える身体を支える背骨は折れたりしていない。小山は妙なところで感心した。一〇メートルの巨人というものは、信じられないほど強力な背骨を持っているのだろう。

「すごい」

「レーザー照準。アメリカさんがやっと日本に技術をくれてね」

一郎はそう言いながらスイッチを入れたままのペンを、下に落とした。

ビルを照射したまま、落ちるペン。

え、せっかく貰《もら》ったものなのに？　と、小山は一郎を見た。

「何したの？」

「逃げようと思って」

空軍機は方向転換して二度目の降下をはじめた。

落としたペンに向かって爆弾を投下。迫る爆弾の陰がかかり、小山は目を点にする。ビルの足下で爆発。その衝撃に小山は歯を食いしばる。ビルが根本から倒れはじめる。

一郎は小山の手を取り、倒れていく外壁を走る。手を取られ、取り合い、ついてくる少女兵二人。

菊池が喚いている。一郎は小山の手を取り

「むちゃくちゃだ！　むちゃくちゃすぎるよ！」

「何度も物理計算はしてるよ」

小山は倒れゆく外壁を走りながら、脱出ルートができては崩れ落ちていく様を見た。確かにこんなサーカスめいたことは部隊単位では不可能だ。武器弾薬使い果たした身軽な少人数でなければ……。

こいつ、すごい。小山は一郎の手を握りながら走りつつそう思った。

ビルを駆け下り、三人は脱出する。敵のゴブリンたちは倒壊した建物の中でひどいことになっているだろう。

無事、地上に生還し、一郎は空軍機に手を振る。

空軍機は折り目正しくバンクを降ると、基地がある福岡へ、北の空へ飛んで行った。

「さ。僕たちも急いで合流しよう。……どうしたの」

「あの、さっきのどういうこと?」

よくわかっていなさそうな一郎に、小山は尋ねる。

「愛してるって言ったよね」

「うん。深い意味はあんまりない」

小山は一郎の頬をひっぱたいた。一郎は驚きと不満で片方の眉を吊り上げた。小山はそんな一郎を無視して肩をいからせながら去って行った。

菊池は一郎の表情を見て、呆れた。

「なんでそこでそんな驚いた顔するかな。怒られて当然よね。お得意の計算でわからなかったの。それぐらい」

「人間の計算は任務じゃない……」

ひどく傷ついた顔でそう言ったのが、菊池の心に残った。残ったが、優しくしてやろうなどとは思わなかった。こいつはそう、女の敵だ。そう決めた。

「はいはい」

嘲笑《あざわら》う菊池も小山を追って去っていく。

一人残った一郎は、まだ痛む頬に手を当て、一人で苦笑した。

ともあれ今日も生き残ったのだ。

2

その日の午後は僅《わず》かながら青空が見えた。

痛む頬をなでながら、一郎は呼吸するように尾行を撒《ま》いた。その後、乗せてもらった兵員輸送車として使われてる砲塔が壊れた戦車から降り立った。頭を下げて匿《かくま》ってくれたことと同乗の礼を言い、人間が住む地区へ入った。

近頃では壊れた戦車も簡単には運用停止できないでいる。これらは自走砲、輸送車、地雷敷設車、単なる盾といろいろな形で再利用され、最終的には部品として使われる。

実際のところ、後送して修理を受ければ本来の用途である戦車として復帰できそうなものはたくさんある。しかし、現場では後送する者は少なかった。後送しても代替機を送ってこないからである。それなら壊れていても役に立つほうを選ぶのが、この頃の現場の自衛策だった。それがさらに修理数を少なくし、さらなる定数割れを招いている。

要するに戦況はそれくらい不利に傾き、追い詰められていた。人類の劣勢は目を覆《おお》う状況であり、日本国の命運は風前の灯火《ともしび》にある。

　一郎は人でごった返す商店街を抜けて自分の基地に戻る。

　例え明日滅びる運命でも、商店街の活気は平和なときとあまり変わらない。安売りもあれば値上げもある。明日死ぬにしても腹は減る。一郎はそんな人間の営みが嫌いではなかった。それこそが生きていることなんじゃないかとすら思った。

　一郎の所属部隊の基地は学生時代の名残で五高《ごこう》という。学籍のまま兵士になった折、学校は名前をそのままに基地として使われることになった。とはいえ、変わったのは名前と門番に犬を連れた兵士が立つようになったくらいで、遠くから見れば静かな進学校のままである。

　尻尾《しっぽ》を振る犬と門番に頭を下げ、一郎は頬に触れた手を下ろす。

　昇降口前に、にこやかに笑う上官がいる。

　秋草一郎の上官の名を對馬智《つしまさとし》という。長く伸びた髪を縛《しば》った男で、笑顔が張り付いているともっぱらの評判であった。そのくせ、目は笑っていない。

　年齢は自称十七と言うが無理がありすぎ、実際のところ三〇歳くらいではないかと、噂になっていた。

　一郎はこの上官が苦手であった。張り付いた笑顔と芝居がかった立ち居振る舞いの両方が、妙に気になった。気に食わない。と表現してもいい。

對馬智は、そんな一郎の心の動きもお見通しといった風で、優しく笑って抱き止めるように手を開いた。

「お帰り。無事に帰ってきたね」

「計算どおりですよ。隊長」

一郎は、ため息を一つこぼし、そう答えた。

嫌みは通じなかった。對馬は笑顔のままだ。

「それでも、帰還は喜ばしい。みんな、待ってるよ」

「はい。では、次に」

「うん。次の計算を、頼むよ」

對馬はにっこり笑った。

一郎はあいまいに笑うと、うしろで縛った背中まで届く對馬の髪を、わずらわしそうに避けて校舎の中に入った。顔はしかめたまま。あの人と比べるのも悪い気がするが、昼前に会った少女たちのほうがまだ良かった。頬はまだ痛いけれど。

一人残った對馬智は、これ見よがしに長い髪を自らの指ですいた。

「やれやれ。嫌われてしまったな。僕も」

そう言ったあと、誰も居ないのに舞台役者めいた笑みを浮かべる。

「……軍人が軍人嫌いでどうするんだい。いやまあ、そこが彼女の気に入るかわいいところなのかも知れないが」


一郎は考えを切り替えるように頭を振る。

汚いというよりは雑然とした廊下《ろうか》を歩き、突き当たりのドアの前に立つ。

――これより電算室、許可なき者の入室を禁じる――

との張り紙に「にゃん」と書き加えられている。

それは、何度見ても微笑んでしまう。一郎はドアを開けて、ただいまと言った。人は数名いるが、返事はにわかに返って来ない。

ようやく、我が家に戻った気分がした。


先輩格の太った男、赤澤《あかざわ》がキーボードから手を離さず、口を開いた。

「おかえりー。どうよ。外は」

一郎は濡れた服を着替えながら応えた。

「雨が降ってたよ」

「まあ、計算どおりだな」

太った男の目は、モニターを見たままだ。

「ああ、全部計算どおりだよ」

「そうかそりゃよかった」

赤澤はキーボードを叩く音とはとても思えない、まるで機関銃の発射音のような連続した音を立て続けに出している。

しばし沈黙が続くが一郎は気にしていない。にこにこして、濡れた上着を洗濯機に放り込んでいる。誰の物ともしれないトランクスタイプのパンツが、世界の国旗を模しかのようにたくさん、室内に干されている。それをのれんのように、腕で押して奥に入る。

同じくキーボードを叩きながら後輩、深澤《ふかざわ》が、急に顔を上げて言った。

「計算が当たるのは当たり前でしょ。計算なんだから。僕たちが計算間違えたらみんな大弱りですよ」

「うるせえ、俺はハードボイルドな会話やってんだチンコ」

キーボードをすごい速度で叩きながら、目を動かさず、赤澤は怒鳴《どな》った。

「ゲッヒンな！　語尾にチンコつけてなにがハードボイルですかチンコチンコ！」

深澤は即座に反撃に移る。だがキーボードを叩くのをやめない。目はモニターを追い続けている。どんなに喧嘩《けんか》しても仕事の手を止めない。それがいいところでもあり、端から見て異様なところである。もっとも本人たちにも大いに主張があって、この部隊、手を休める暇がないほど仕事が多いのだった。前線部隊の学兵が五七円のハガキ一枚で召集できるのに対して、実際の役に立つレベルの電算屋はそう多くない。だからこの部隊は、特別だった。暑ければクーラーを使うことも許可されていた。

キーボードを叩きながら、妙に間の空いた口論を眺めて一郎は微笑んだ。ここが、彼の基地。この熊本で行われる戦争の、すべての計算が生まれるところ。五高の電算室こと、第一〇六師団中央電算室だった。

　男ばかりの残念所帯。銃を持つことを求められないエリート部隊であるこの部隊は、女性の目がないのをいいことに、やりたい放題であった。パンツで万国旗やのれんを作ることはもちろん、フィギュアやプラモデルもきれいに隊列してディスプレイされている。

チンコチンコと言い合う赤澤と深澤の口論に、机をばんばん叩いて立ち上がり、割って入った新人がいる。末綱安種《すえつなやすたね》というその少年は、名前の重々しさとは裏腹に肌は白く腕は細い。口論を止める際に作業の手を止めるのが、先輩たちに末綱がまだわかっていないひよっこと言われる所以《ゆえん》だった。

　末綱は、ひらひらのスカートを揺らしながら言った。

「男子校だからって下品です！」

しばしの沈黙。

「女装して言うな。変態」

キーボード叩きながら、赤澤が言った。

「そこは着替えて言うべきですね」

やはりキーボードを叩きながら、今度は深澤が言う。

「あんたらが着せてるんじゃないですか！」

末綱は叫んだ。絶叫だった。そもそもこの部隊に潤《うるお》いというか節度がないのは、女性的女性がいないせいだと誰かが言い出した末路が末綱の女装だったのだが、女装の少年が増えたところで、パンツの万国旗は撤去されるはずもなかった。

一郎はやりとりを聞いて楽しげに立ち上がると、小さな空席の椅子《いす》を見て歩き出した。

「あれ、先輩どこいくんですか？」

末綱はかわいらしく顔をかしげて、一郎に声をかけた。

「次の計算する前に、お姫様に会ってくるよ」

「あー。姫様は昼寝してるぞー」

二〇秒後、赤澤はキーボードを叩きながら声がかかった。

「まだ熱あった？」

「わからん」

「じゃあ、寝顔でも見るよ」

秋草はそう言って部屋を出て行った。

残された三人はキーボードを叩き続ける。

「……なにげにあの人も下品で変態ですよね」

深澤はキーボードを叩きながら思い出したように言った。

「バカ、萌《も》えとエロは違うぞ」

赤澤は偉そうに言う。今は一九九九年、萌えという言葉が一般化する一〇年は前である。彼はこう見えて時代の最先端であった。ただ、現在にいたるもパンツの万国旗は一般化していない。最先端過ぎたのかもしれない。

「モエってなんですか」

末綱はそう言ったあと、頭を少し傾けた。


しばし歩き、あまり片付いてはいないが片付けようという努力の跡が見える廊下からドアの前に出る。ここを主に使う者は、衛生と清潔に関していくらかの知識と努力がある。

ドアの前でありもしない自らの埃《ほこり》をはらい、一郎はノックしようとしてやめ、そっと、ドアを開けた。小さなベッドで、しどけなく寝ている幼女を見て一郎は微笑んだ。

音をたてず歩み寄り、そっと髪にふれる。

「今日も、生き残ったよ」

そんなことを囁《ささや》いた。

ぱっちりと、目を覚ます幼女。

「帰ってきたのか？」

「今さっき」

一郎は再び微笑む。

うろんな目をする幼女。長い黒髪は性格を表しているかのごとく真っ直ぐで、寝起きだろうと曲がる気配が微塵《みじん》もない。子供用のパジャマを着たその幼女は、男子校に紛《まぎ》れ込んだ、ただ一人の女子だった。ただし、女性的な女性ではない。

「なぜ起こさなかった！」

勢いよく身を起こし、幼女は凜々《りり》しく言った。そう彼女は部隊で一番男らしい女子なのだ。まだ女性でもないから、ただ男らしい幼女というのが正確であろうか。

ここ数日の計算業務が忙しくて熱を出し、今日は休んでいたが、一郎が戻ってきたので仕事をする気になったようだ。

「なぜ起こさなかった。秋草」

重ねて幼女は言った。

「ノックする前だよ」

優しく言ってもう一度寝かせようとする一郎。寝かされながら、幼女はしばらく考える。

「……嘘をつけ」

「ごめんなさい」

一郎は素直に頭を下げた。

なぜか幼女は少し照れたように、腕を組んだ。

「もうよい。それでそなたは戦果を挙げたのか」

「そうみたいだね」

少し顔をしかめる幼女。小さな手で一郎の頬に触れる。

「誇ってもいい」

「戦いがうまいことを？　冗談でしょ」

一郎は表情を豹変《ひょうへん》させてそう言った。それは彼の琴線《きんせん》に触れることだった。

「誰かを守ったことだ。秋草」

静かに返答する幼女。一郎は大人げないと自らを恥じたが、心のどこかに純真な怒りが残っている。

幼女はふと笑った。

「子供のようだな。そなたは」

「ごめんなさい」

幼女はにわかにお姉さんのような気分になったようだ。手を伸ばして一郎の頭をなでた。

一郎は、不服そうだがうれしそうな不思議な顔になった。

「能力はあっても、そなたには戦争は向いてないのかもしれないな」

「……戦争に向いてやろうなんて、思わないよ」

微妙な沈黙。

小さな咳《せき》をした幼女は、なるべく元気に見えるように顔を上げた。

「私も、すぐに現場に戻る。計算が待っている」

「戻らないでもいいと……言いたいけど」

一郎はそのあとを言いよどんだ。彼女は計算の天才、プログラミングの女神というべき才能を持ち、もはや部隊で欠くことのできない存在。

「問題ない。私には誇りがある」

「僕は無理する誇りなんか、嫌いだよ」

「一度も誰かに押しつけたことはないぞ。誇りは、自分だけのものだ」

「神楽《かぐら》が怪我《けが》したら、悲しいから」

神楽とは、幼女の名である。神楽は微笑み、年齢に似つかわしくない貫禄《かんろく》を込めて言った。

「怪我が痛いのではない。己を誇れないのが悲しいのだ」

一郎は、こうした幼女の誇りや生き方を眩《まぶ》しく思いつつも、嫌いだった。その生き方は幼女の命を縮めているように思えるからだ。

とはいえ、言い返すのも大人気ないと「今日までは、ゆっくり休んでいて」とだけ言って、不機嫌そうな態度で部屋を出ようとする。

神楽は小さくうなずき、背筋を伸ばした。再度腕を組んで口を開いた。

「……致し方あるまい。養生をせねば、あの機体も悲しむ」

一郎は素早く神楽を振り返った。自分自身を大事にしてくれたのが嬉しく、一郎は満面の笑みを浮かべた。

「大好き」

ドアがしまる。一人残された神楽はしばらく考える。

痩せ我慢していたもののまた熱が出たか、神楽は軽い音をたててベッドに倒れ込み布団をかぶった。

「あやつ、私を子供扱いしてるな！」

一郎の軽やかな足どりは、少しずつ重くなり、確固たるものになる。顔つきも変わり顔をゆがめた。次第に厳しい顔になっていく。

廊下では笑みを浮かべる彼の上官が、對馬が待っていた。

「まだ、何か？」

「芝村《しばむら》君は、まだ休んでいたかい？」

一郎は動揺した。弱点を守る必死の顔。

「風邪《かぜ》です。絶対に、何もさせないでください」

微笑む對馬が優しく声をかける。

「ずっと前から思っていたが、そんな顔をしないでもいいんだよ。僕は、君の味方だ。信用してくれていい」

「貴方がすごいのは、なんとなくわかります。でも、信用はできません」

「なぜだい？」

「貴方は、戦争を楽しんでいるように見える」

對馬の深みのある笑顔は、肯定にも否定にも見えて、一郎はそれが嫌だった。

「いつも笑顔なだけさ。秋草一郎くん」

その言葉には返事をせず、目線をそらして窓の外を見る。夕雲の下、遠くに見える校門前に門番と小競り合いをしている女学生たちがいた。

「それよりも、本題だ。いや、次の計算じゃない。校門に二人、女の子がいる。一人はスーパーの袋を持っていたね。かわいい子たちだったが」

「……覚えがありません」

一郎は横を見て言った。嘘だった。義理堅い彼女たちは、明日をもしれぬ命のために、なにがなんでも今日の内に僕に美味《うま》いものを食べさせようとしているのだろう。

——そんなこと、しなくてもいいのに——

一郎は對馬の表情を読もうとする。彼女たちのことを知られたくなかった。戦争を心から楽しむ彼は、それすらも計算に組み込んで作戦を立案するかもしれない。

「本当に？」

「ええ」

對馬は相変わらずのいい笑顔だ。

「まあでも、顔には覚えがあると書いてあるね。行ってきたほうがいい。女性は、怖いものだからね」

「……任務中に、助けただけです」

「だったらなおさらだよ」

存外に人のいい笑顔。だが一郎は彼を信用できないでいる。

一郎は走って外に出た。出迎えられる側が出迎える側になった。

門番と押し合う、難しい顔と気難しい顔の二人の少女は、走ってくる一郎を見て、一人は笑顔になり、一人は横を向いた。

一郎はどんな表情をして二人に声をかけていいかわからない。人間の計算は任務に入っていなかった。

自分がどんな表情をしているか、自分の頬に触れて確認する。笑っている。一郎は少し不思議な気分になった。なぜ自分が笑顔なのか、よくわからない。

「何笑ってるのよ」

「自分でもわからないよ。どこをどうやって僕たちの巣がわかったんだい？」

そう尋ねると、少女たちは互いを見て苦笑した。明日、私たち死ぬかもしれないよねと言い合い、約束を果たそうと尾行していたところ見失い、困っていたところで髪の長い親切なお兄さんが教えてくれたという。

一郎はなんだよ、何もかもわかってたんじゃないかと心の中で對馬に毒づいた。

きっと本人は今頃、舞台役者めいた仕草で笑顔を浮かべているに違いない。

3

夕闇の迫る中、屋上で鍋《なべ》をつくことにした。

風流だからとか、趣《おもむき》があるとか、そういう理由でこうなったわけではない。校舎内でも校庭でも人の目が気になった。というだけである。

午前中の雨で濡れていないか心配だったが、幸い、少し湿っている程度だった。

「おお、絶景、絶景」

　菊池は屋上からの眺めを見た。北を見れば戦前と変わらぬ風景が広がり、南を見れば焼け野原である。五高は、戦場と後方の境目にあった。

「あんたの学校、最前線という感じだね」

　刃渡り五〇センチはあるミリタリーナイフで白菜を切りながら、小山は言った。

「どこもそうなんじゃないのかな」

　一郎が答える。目をやれば菊池が、勝利者のように豚肉のパックを天高く掲《かか》げている。

「お肉だね」

「お肉さまです。高かったんだから」

「ありがとうございます」

　頭を下げる一郎に向かって、菊池はここぞとばかりに胸を張った。

「払ったのは私だからね」

　人参の切れ端が付いたミリタリーナイフを菊池と一郎に向け、小山は顔を赤くして言った。

　それを見て笑う一郎。それを見て怒る小山。

「もう、ケチなこと言うんだから。モテないからね、そんなこと言っていると」

「モテてどうすっと」

　小山はそう言ってそっぽを向くと、鍋に野菜を入れはじめた。

「どうするんでしょうねえ」

そっぽを向いたあとの表情を見ようと菊池が身を乗り出してきた。小山はさらに身をひねる。

「いいから食べる」

「はい。不肖菊池優奈、鍋奉行をやらせていただきます」

「立候補制なんだ？」

笑いながら一郎はぽん酢を手に持った。

「食事まで命令系統に組み入れられたくないわよ」

小山は一郎の顔を見ないようにして言った。菊池はなぜだか嬉しそう。

一郎は笑った。

どこをどう間違ったか、前線に出て味方の救援をしたら屋外で鍋を囲むことになった。

何がどうなっているんだと、赤澤さんあたりは言うだろう。一郎はそれがおかしくて仕方なかった。

「にこにこして」

小山は口の先を尖らせてそう言った。本気で不機嫌そうではないことは、普段ほとんど人と付き合いのない一郎にもわかった。

「いや、楽しいなって」

「はいはい。いいからそこの肉食べる」

「奉行は私よ！」

「うるさいうるさい」

一郎は土鍋などどこから見つけてきたんだろうと思いながらも、美味いのでそれでよしとした。部隊の皆で鍋を食べてもいいなと思った。野菜を切るだけなら自分たちでもできそうな気がする。


夜。

九州の三月にも関わらず、この年この日は虫の音も聞こえぬ肌寒さである。

鍋が美味かったわけだと小山は思い、今日あった奇妙な少年を思って少し笑った。

鍋をつついたあと、挨拶《あいさつ》もそこそこに慌てて宿舎に帰りはじめた。宿舎は彼女たちの通う学校の中にある。小山たちの現基地であり元学校である福音《ふくいん》女学院は全寮制であり、小山にも菊池にも寮の門限があった。これは昨年の法改正で〝にわか〟軍事組織として学生が学兵として軍制に組み入れられたあとも変わることがなかった。門限の時間にも変更はなく、この点は少し納得がいかない。夜に外出するあてがあるわけではないが、他より厳しいのが気に食わない。

最後のほうは二人で土鍋を担いで走り、なんとか門限までに帰り着いた。ぐったりしながら歯を磨く。節電と灯火管制が敷かれている昨今、歯を磨いたらあとは寝るだけだと思っていたが小山と菊池は揃って指揮官に呼び出された。歯を磨きながら舌打ちしながら命令に応じ、さつき食べたものが胃の中で腐るような話じゃなければいいんだけどねと言いあった。

指揮官は中隊司令部で待っているという。

小山が暗い校舎の中を手探りで歩いていくと、遅い時間にかかわらず司令部ではたくさんの女生徒が作業していた。多くが書類を持って行き来している。それらは戦死状況報告書であり、遺族への隊長からの手紙だった。軍の機密に関わっていない場合、直接の部隊指揮官が部下の戦死にあたっての有様を手紙に書いて遺族に送るのが常であった。

「偉か人は大変そうね」小山は小声で言った。

「まったくまったく」菊池もうなずく。

命令に応じて出頭したものの、目の前の司令部は事務仕事に忙しく、とても戦車随伴歩兵《スカウト》の相手などしていられないようである。

小山が、帰ってもいいかなとつぶやくと、菊池もうなずいた。

今日、一つの戦闘が終わった。数キロメートル後退し、市街地の一部が瓦礫の山と化した。だが目の前の人々、司令部の人員にとっては、それで終わりではない。まだ仕事が残っている。一つの戦闘が終わるということは、一つの巨大な事務処理が発生するということだった。

そうしたわけで、司令部は今、慌ただしい。元の生徒会が横滑りする形で司令部要員になった関係で、司令部は生徒会室にある。一階の職員室の隣にあるそこは、窓に厳重《げんじゅう》に目張りした上で蛍光灯《けいこうとう》が灯されていた。

白い光に照らされて、生徒会のお姉様とか妹とか言い合うような奴らに戦争指揮なんかできるのか、と感じたことを小山は昨日の出来事のごとく思い出した。懸念《けねん》は半分あたって半分外れた。

生徒会改め新しい司令部は基本、単なる事務室だった。戦争は大量の事務を伴うということを、小山は司令部に顔を出すうちに知った。ついでに言えば学生を兵士として最前線の弾除けとして使うような日本国であったが、流石《さすが》に指揮系統まで学生に委ねるようなことはしなかった。要所要所はちゃんと軍人が、先生という形で入っている。そういう意味で懸念は外れた。

当たったのは、お飾りで実質の事務職にしか過ぎない司令部でも、偉そうにする奴らはいるという事実だった。小山としては、これら熊本弁でいうところの女の「きゃー腐れ」のような奴らに蹴りを入れたくて仕方がない。それができないのは軍法でやつらが守られているせいだ。銃殺にならないなら、もう何度奴らの背中を蹴り倒していることやら、である。

ようやくお飾りで事務屋にも関わらず、偉そうな部隊指揮官が姿を見せた。名を堀立瑞希《ほりたてみずき》といい、戦車小隊と随伴歩兵小隊からなる戦闘団を預かっており、かつては会計として生徒会に務めていた。会長でも副会長でもなく、書記にすら選ばれていない二年生というあたりに、この人物の一般評価が窺《うかが》い知れる。いいのは見た目だけなのだ。

堀立瑞希は制服を可憐《かれん》に着こなし長い黒髪に黒縁の眼鏡《めがね》、手にはロザリオという格好だった。小声で何かつぶやいている。

小山と菊池は揃って背筋を伸ばし、気を付けをした。これは相当拗《す》ねとるばいと思っていたら、案の定ひどく拗ねた様子で自らの髪をもてあそびながら、何かをつぶやいている。

「はい。いいえ、小隊長。お声が小さくて良く聞こえません」

小山は大声で言った。身を震わせ、顔を赤くして舌打ちし、より大きな声を出す堀立瑞希。

「男の子と鍋を食べてきたと聞きましたが？」

「はっ。ご報告したとおり、〝我々の〟恩人に対して無事、恩を返せたと確信しています!!」

我々の、の部分に力を入れて小山は言った。助けられたのは歩兵だけではない。戦車部隊もそうだろうと、そんなわかりきったことも言わないと気づかなさそうな間抜けぶりに、かなり腹を立てている。

堀立瑞希は、顔を赤くして舌打ちし、また小さく何かをつぶやいたあと、大きくため息をついた。

「……小山さん。私たちは、今日、二両の戦車と、七名の戦車兵をなくしました。戦車随伴歩兵の貴方にはわからないかもしれないけれど、それは、とても悲しいことなんです。私の成績にも、です」

小山は、戦車随伴歩兵は隊長含めてその二倍は死んでると思ったが、ただ目線を天に向けながら、口を開いた。

「はい。いいえ。ですが、全滅は免《まぬか》れました。彼のおかげです」

軍隊というところは部下の服従を前提とし、上意下達を原則とするところである。だから反論する際も、はい。のあとにいいえ。をつけて意見を言う。バカげていると思うが、実際これを守らないで銃殺になった女子生徒が数名おり、以降徹底されていた。

眼鏡を持ち上げ、上目遣いで小山を見る堀立。

「臨時的な指揮権の移動について報告も命令書も、受け取っています。それに対して、意を唱えているわけではありません」

さりげなく、命令に異議を唱えているわけではないと表現する瑞希。この頃の促成士官は、こういう、小役人めいたものが多かった。

「私が注意するのは、貴方が殿方とその、イチャイチャする行為についてです。戦時中なのに……戦時中なのに、不謹慎《ふきんしん》だと思いませんか」

「はい。いいえ。自分たちは一緒に食事しただけです」

小山は背筋を伸ばして言った。菊池は堀立と小山の両方を見たあとで、口を出す。

「あと、オタクっぽい感じでした」

あら、そうなのと怒りの気勢を削がれる堀立。いや、だがしかし。

「でも、イケメンだったんでしょう」

それが何より重要なように、堀立は言った。

——は？　こいつ何考えてんの？

小山は表情だけで菊池にそう告げた。

——こいつのピンク色の脳細胞の中身については聞かないで。色で察して
菊池も表情だけでそう告げた。

「とにかく、私は殿方と食事など問題があると言っているのです」

堀立瑞希はそう言ったあと、別の部下から声をかけられた。露骨に不満そうな顔で部下を見つめた。部下は、そんな堀立の様子をまったく無視して、用件を口にした。

「隊長、戦車の補充が明日にも来るそうです」

「え？　そんなに早く？　しかも、二両も？」

堀立瑞希は目を丸くした。戦況は厳しさを増している。戦車の補充など、ここ最近では聞いたこともなかった。

「ええ。鍋のお礼、とかで。意味はそれで通じるから、だそうです。それで、急いでお知らせしようと」

「ああ……」

感嘆する、堀立瑞希。素早くロザリオを手に祈った。

「ありがとう。神様に感謝しないとね。みんなに知らせて、大至急で」

——あ、そこ感謝するの私たちじゃないんだ

小山は再び表情だけで感想を告げた。

——何、コイツに感謝されたいの？

菊池は表情だけで意地の悪いことを表現した。頭を激しく振る小山。うなずき、口を開く菊池。

「あの……もう行って、いいですか？」

控えめな声に、堀立瑞希はまた口の端をまげたが小言をやめた。

「……次からは注意してください。それと、私は忘れませんからね、このこと」

「肝《きも》に銘《めい》じます！」

菊地はそう言うと、何か別のことを言い返そうとする小山を肘鉄《ひじてつ》で制し、早々と逃げ出した。

慌てて逃げ出した司令部の外。廊下からさらに寮に向かって小山と菊池は歩き出した。面倒なことに一度靴に履き替えて校庭に出なければならない。昼の雨のせいか、水たまりがあちこちにある。それを避けて進むのが一大難事業だった。通常校庭は水捌《みずは》けを良くして作るのだが、このあたりは園芸部によって畑にすることがすでに決定しており。土を加えて保水力を上げてあった。

「畑で何か穫れるまで生きているつもりなのかね～」

　菊池は慎重に歩きながら言った。

「明日死ぬとわかってても陣地は構築するでしょ」

　歩兵の本分を小山は口にした。菊池は暗い中で小山を見たあと、にこっと笑った。堀立に言われたことを気にしてないか、心配だったが問題なさそうだ。

「そりゃそうか。うちらも陣地の上で戦えたらなあ」

　無い物ねだりを口にする菊池。

「戦車と随伴《ずいはん》する以上は駄目ね」

「戦車全滅しないかな」

「その前に歩兵全滅しているから」

　あくまで当たり前のことを言う小山に、菊池は笑った。水たまりの水が揺れている。

「踏んだ？」

「……踏んだ」

　小山は憮然《ぶぜん》として言った。踏んだのは水たまりである。

「元気だしなよ。いいこと、あるって」

「別に、怒られたことは、あまり気にしてない。ていうか、あいつなんですぐ恋愛に結びつけては嫉妬《しっと》してんのかな」

　小山はスカートの裾《すそ》の汚れを気にして、星明かりでなんとか損害を見ようとしながらそう口にした。

「堀立さん？　うーん。私からみればわかりやすいくらいわかりやすいけどね」

「だから、なんで恋愛に結びつけたがるのかなって言ってるのよ」

「え、美千代のは恋じゃないの？」

派手な水音がした。スカートの裾を持ち上げたまま、小山は水たまりに突撃していた。

「だだだ誰が恋とかバカじゃなかと」

「水たまり、踏んでるよ」

「知っとる」

水たまりからいそいそと動きながら、小山は顔を真っ赤にして歩いた。菊池は頭を掻《か》いた。

「恋愛とかそういうのじゃなか。恩ば返しただけ」

「緊張すると熊本弁がきつくなるって知ってた？」

「だから違うって！」

「そうなんだ。じゃあ、何？」

「あー。えーと」

小山はスカートの裾を持ち上げたまま必死に考える。目を彷徨《さまよ》わせる。

「そう、そうよ。あいつ、敵を敵って言ってなかったなあって。だから気になったの。それだけ」

菊地は唇《くちびる》の下に指を当てて考えた。

「そう言えば、秋草は目標とか、障害とか、使い分けて言ってたね」

「そ、そうそう。なんでだろ」

「さあ？　頭がいいからじゃない？」

「そうなのかな」

菊地は、目を細めて隣をみた。「言い訳はそれだけ？」

「言い訳じゃない！」

「そうよね。美千代もお年頃だもんね」

菊池は笑顔で小山の意見を全却下した。

「同い年がなにを言う」

「はいはい。でも、あの人はやめたほうがいいかな」

「だから、そんなんじゃ、ないって」

小山は少し考えて、上目遣いで菊地を見て「……ああ。でも、なんで？」と尋ねた。

「ゼロからはじまる怪しい部隊名とか、うちに戦車補給してきたりする権力というか発言力の大きさというか、いちいちどーも胡散《うさん》臭いのよね。でも最大の理由はそう、今日の恋占いよ。あんた、出会い最悪ってあったでしょ？」

菊地は腕を組み自信満々に、そう言い返した。

4

一方その頃。

女子二人にあいつ呼ばわりされているとも知らない秋草一郎は、椅子に座って、にこにこする上官と対面していた。こちらの司令部は応接間にしか見えず、機材らしい機材も、書類や資料も見当たらない。これは一郎の所属する電算部隊の存在そのものが司令部のようなものだからであり、現場で事務処理なども全部やってしまっているせいである。これらは電子化されており、紙などはまったく使っていない。結果司令部は司令部の用を果たす必要もなく、単に歓談や来客のためのスペースとして使われていた。

その司令部は灯火管制などどこ吹く風というふうに、蛍光灯がずらりと並んで明るく輝いている。

「鍋は、おいしかったかい?」

對馬智は笑顔の貼り付いた顔でそう言った。

「罰でもなんでも受けますよ」

おもしろくなさそうに答える一郎。にこにこ笑って足を組み直す對馬。

「まさか、女の子と楽しく過ごすのは、いいことだと思うよ。人はパンのみに生きるにあらず、さ」

對馬は優しくそう言ったあと、人好きする顔で微笑んだ。

「むしろ、いいことだと、思っている。君には特にね」

「茶飲み話のために呼んだんですか？」

トゲのある言い方に、大げさに笑顔を浮かべ、考えたふりをする對馬。

「ふむ……正直言うと、そのとおりなんだが、そう言うと、君は怒りそうだからね」

對馬は、にこにこ笑った。一郎は顔をしかめている。一郎はこの部隊唯一の大人を信用していない。何を企んでいるかはわからないが、この大人は賢く、そして狡《ずる》い。

「そう、そうだ。別に今日言わなくてもいいと思ったが一応の用件として口にするとね。君の鍋友達の部隊にね、自分のかわいい部下を手伝ってくれたお礼として、人型戦車を二両、陳情しておいたんだ」

「人型……戦車ですか」

驚く一郎に、對馬は嬉しそうにうなずいてみせた。

「そう、人型戦車だ。まだ、その有用性は認められてはいないが、あれはいいものだよ。5121が、それを証明してくれている」

「5121……」

「どうかしたかい？」

一郎はすぐに表情を消した。

「いえ、なにも」

一郎が目線を下にやると、對馬は悪い人のように口だけを笑顔にした。その表情も、すぐに消える。

一郎は、顔を上げた。

「人型戦車は運用が難しく、他の部隊ではまともな運用成績を、残せていません」

「うん。まあ、でもそこは、君がどうにかしてくれると思ってね。今後とも、仲良くしてあげてくれると嬉しい」

一郎は對馬を睨んだ。

「撤退支援で今日一度だけ、会った人たちです」

「袖《そで》すりあうのも他生《たしょう》の縁さ」

「あの娘たちの部隊を、積極的に計算に使うと言うことですか？　僕たちが普段やっているような激戦に投入するってことですか」

肩をすくめる、對馬。

「そうなるかどうかは、君たちの計算次第さ。自分はただお礼をしただけだ。まあでも、確かに、赤澤君は使う気だったようだけどね。ほら、うちにも人型戦車が一台あるだろう。あれと共同作戦するうえでも先方に人型戦車があるのはいい話だと思ってね」

にこにこ笑う對馬。

「自分も、いいプレゼントができて、うれしい」

一郎は自分の足下を見る。

「……僕は、戦いが嫌いです」

「そうだね」

「でも、命令には従っているつもりです。こんなことしなくても、僕は戦います」

「そうだろうね。口ではどう言おうと、君は戦うだろう。君は、誰よりも重い鎖《くさり》で戦場に繋《つな》がれている。君はいろいろなことを自分に秘密にしているようだが、それくらいはわかる」

そこだけは、對馬の本音だった。口元は相変わらず微笑んでいたが、目は、真剣だった。

「別に秘密なんかありません」

「黙ってるだけでね。いや、いいんだ秘密くらい、いくつ持っていてもいい。自分はね、秋草くん。ただ戦争をうまくやりたいだけだ。心から。自分も君と同じ、戦場に繋がれる奴隷《どれい》仲間さ。ただ僕は状況を楽しんでいる。君はそうじゃない。それだけだ」

智は指を組んで笑った。

「自分は思うんだよ。戦争の奴隷仲間としてね。どうせ繋がれるなら、少しくらい鎖をきれいに飾ってもいいんじゃないかと。秋草くん。君には綺麗な鎖が似合うと思う」

5

小山は歯を磨きながら、別に言い訳じゃない、別に言い訳じゃないと心の中で唱えていた。頬が熱くなるので両手で挟んで冷却した。昨夜はスカートが水たまりに突っ込んで大変なことになったので、今日はジャージ姿で授業を受けることにした。戦争中で自分は兵士なのに授業があるというのが、小山には納得できなかった。そんなの茶番だ。と思う。

多くの生徒もそう思っているらしく、だから平和なときの授業は、はなはだだらけていた。最初から授業に出ない娘もいる。

ジャージ姿で歩くと後輩からよく声をかけられる。「ご機嫌よう、小山先輩」などと言われ、小山は目を彷徨わせながら、ああそうね、おはようと返していた。

「何？　後輩たちを誘惑して自分の立場を再認識しようってわけ？」

遅れて寮を出てきた菊池が声をかけた。小山があまりに声をかけられるので、菊池が追いついてしまったのである。小山は取り敢えず、回し蹴りした。菊池はスカートをひらめかせて華麗に避けた。

「危ない！」

「危ないもなにも、スカートの中全開で見えてたわよ」

「いやいや、男の前じゃないから恥ずかしがらないでいいし」

小山の嫌味に動じることなく、菊池は手をひらひらさせながら言った。女子高の校庭には男の夢が眠っている。こういう菊池のような女が、可憐な女子高生という男の夢を破壊しては校庭に埋めている。

「で。なんだっけ」

「スカートは洗濯中」

「なるほど。にしても、やけに人多いね」

「そういやそうね。授業もうはじまるのに」

人の列は何かを見物しているようである。見れば校舎や屋上、非常階段から人が鈴なりに首を出している。校庭かと、小山は見当をつけた。

「ごめん、ちょっと通して」

と、少年のような声を出しながら人混みをかきわけた。こうすると皆避けてくれる。これもまた、女子校を生き抜く処世術と小山は思った。

校庭に人が多い理由はすぐにわかった。新しい戦車がもう納入されていたのだった。昨夜言ってたやつかしら。だとしたら最近の軍じゃとんときかない手回しの良さだと、小山は素直に感心した。

面白かったのは戦車の姿だった。人型をしている。大きさは九メートルほどもあろうか。胸が大きく重い一枚の装甲板でできていて、こいつは女だなと、小山は思った。ロボットにオスメスが実際にあるかはわからないが。

頭は人型をしておらず、巨大なレンガを思わせるものが載っている。肩と太腿《ふともも》の大きさは異常なほどだが腰回りは逆に細すぎる。

「バランス悪そう」

「うん」

菊池の言葉にうなずいて、小山は横を見た。

口を大きく開けて、唖然呆然《あぜんぼうぜん》とする堀立瑞希がいる。

他人の不幸は蜜《みつ》の味。隣の菊池をつついて指で堀立を示す。菊池がうなずく。

「戦車は戦車でも人型戦車とは思ってなかったって顔してる」

「人型戦車っていうの？　最近の戦車って、変な形してるわね」

小山は、腕を組んでそう言った。

「まあね。役立たずの、いい的って話だけど」

「……まあ、あんなに背が高くちゃね……目立つだろうし、死角も、多そうだし……」

うなずく菊池。人間をスケールアップしたからと言って強いとは限らない。極論、銃を使う現代戦において屈強な兵士もそこらの女子高生も、攻撃力は銃の性能で決まってしまう。だから学生を兵士にしようと考える国もある。

「あ、でもどこかで人型戦車使ってすごい戦果を挙げてるって聞いたことある」

「鹿児島に難攻不落の要塞があるって話と同じじゃないの？」

「まあまあ正解だね」

うしろから声がした。女子高で本来聞くことのない、男子の声。その声に聞き覚えがあって小山は凍る。菊地は薄く笑った。

「ジャージ姿は見られたくなかったよね」

菊池は目を輝かせながら言った。小山は菊池に回し蹴りしながら顔を真っ赤にしてうしろを向いた。

「あんたは秋草!!」

「そう、秋草一郎だけど。そんな元気良く言わないでも」

不意の男子の出現に、周囲の女生徒たちがざわめいた。全寮制女子校に数年在校すると、すっかり男が珍しくなる。

「お姉様と男……？」

そんなざわめきを聞いて、小山は慌てて一郎を担いで走り去った。

「私お姉様とかじゃないからね！」

「ああうん。どちらかといえばもっと逞しい感じだね」

一郎は小山に投げ捨てられた。下手な着地して一郎は尻餅《しりもち》をついた。受け身も取れんのかと小山は思ったが、いや、私も戦争で動員される前はできなかったと思い直した。それと、確かに私は逞しいかもしれない。

「逞しくて悪かったわね」

「悪いなんて言ってないよ。痛てて」

一郎は尻を押さえつつ、手品のように薔薇の花を二輪取り出し、小山に向けた。鼻先に向けられた真っ赤な薔薇を見て、小山は顔を赤くした。

「あ、ええと」小山は照れた。

「僕と、上司から」

「ん？　上司？」

「そう、上司」

そう言われ、小山は目を細めた。

「それってやっぱり、今回も当選というか、私たちを使うってこと？」

うろんな顔をする小山を寂しそうに見る一郎は、あえて明るく口を開いた。

「今度だけさ。次からは、僕が、そうはさせない」

「どういうこと？」

薔薇を大事そうに受け取った小山が、そう聞き返すと秋草は不敵に口を開いた。

「気にしないでいい。役割分担だ。君たちは肉体労働担当、僕、頭脳労働、ＯＫ？」

小山は上目遣いで、恨みがましい目をした。一緒に鍋まで食べたのに。

「……それは教えられないって、こと？」

一郎の顔がこわばる。だがすぐに表情を取り戻し、少し微笑む。

「説明する時間がないってことさ。命令がくるまで三秒。二、一」

同時に左手に組み込まれた多目的結晶を見る小山。

「現況は更新された。僕の指示に従ってもらう」

6

走る走る走る。

二時間後。一郎、小山と菊地は狙撃を恐れつつ、瓦礫の中を縫うように走っていた。

小山と菊池が着用するのは装甲戦闘服《ウォードレス》〝久遠《くおん》〟そのＤ型である。世にも珍しい女性専用ウォードレスであり、元のＡ型は戦車兵用として作られていた。戦車兵用としては例外的に高出力で筋肉増強率も高く、歩兵向きであったので歩兵にも装備され、その後Ｄ型になって完全な歩兵用に改設計された。戦車随伴兵である二人が久遠を装備するのは部隊の装備をなるべく同じにして整備の負担を減らすためだったが、このウォードレス、装甲を外すと身体のラインが見えすぎて嫌だという評判が立っていた。

小山美千代の場合、装甲板を付けていてもちょっと恥ずかしい。朝見た人型戦車ではないが、胸の装甲が厚いし、お尻には装甲とか、全然ないし、こう、女ばかりだとあまり気にならないが、なんというか……。

走りながら目線を動かす小山。一郎を見るが、一郎は小山を見るでなく、どこかに通信しながら走っている。尻のラインが見えないように弾帯を引っ張って無駄な抵抗をしていた小山は手を放したあと、面白くなさそうに一郎の背をつついた。

「どうしたの？」

「またこのパターンなのかって言ってるのよ」

わめきながら左手のフロントグリップで押さえながら、銃を発砲する小山。その銃撃で瓦礫越しに跳躍したゴブリンを数体叩き落とし、銃弾の跡も生々しい壊れたビルの陰に逃げ込んだ。

「このパターンがなんだって⁉」

一郎が聞き返した。こちらも一区画先のビルに逃げ込んでいた。一郎とともに隠れる菊地がハンドサイン。小山がうなずく。小山と菊地が支援射撃する間に一郎が走った。

小山がいる場所へ一郎は飛び込んだ。ウォードレス越しではあるが、小山は一郎を抱きとめた。

「むーちゃーくーちゃーだって言ってるの！　もっと私とか大切にして！」

「近いから大声出さなくても」

「うっ……」

一郎に冷静に返されて、小山は詰まった。顔が思ったより近い。一郎と抱き合ったまま、小山は目を泳がせ顔を赤くした。

「大切にしてるさ」一郎は至近距離からそう言った。

小山は息を飲んだ。下を見る。

「だからどうやっても君たちを無事に帰すし、もう二度とこういうことが起きないようにする」

「それってどういうこと」

援護射撃が止んだため菊池がわめきながら走るのを、小山が視線の端に捉えた。菊池が怒っている。慌てて一郎から身体を引きはがす。

「ラブコメは戦闘のあとで！　最低でも援護射撃のあとで！」

「あ、ごめんごめん。忘れてた」

一郎の脇をすり抜け、今度は菊池が小山に抱きついた。頭突きする勢いで顔を近づけながら口を開く。

「ジャージ姿と言われたのがそんなに悔しかった？」

「ち、違う。だってこいつが、こういうのはこれきりだなんて言いはじめるから」

「あったり前じゃん。毎回こんな無茶やってたら勲章の重みで死ぬか、傷ついた獅子勲章貰って死ぬかのどっちかじゃん！」

菊池の叫びは、一郎の顔を曇らせる。

「まったくだ。こんなことを毎回頼むべきじゃない。君たちの生存と帰還には責任を持つ。それが僕の任務で、計算の範囲内だ」

一郎がそう言うと、小山はどこか傷ついた顔してそっぽを向いた。

そっぽを向いたまま構えて銃を撃つ。フルオート。物陰から飛び出してくるゴブリンを銃弾でなぎ倒す。流れるように弾倉交換。菊地が援護に入る。

「僕たちのとりあえずの目的は移動だ。そんなに本気で応戦しないでいい」

「乙女に本気も冗談もあるか！」

「戦争に、でしょ。美千代」

菊池のツッコミに、小山は不機嫌そうに黙って敵に向かって銃を撃つ。

——ありゃ、こりゃ本気で惚《ほ》れたのかな、この娘——

手袋をとって自らの髪を指に巻いて考える菊地。胡散臭いからやめとけと注意したつもりだったのだが、どうも伝わってないらしい。参った。

悲恋確定だよと菊池は思った。一枚五七円で招集される歩兵と、武器も持たないエリート様。どう考えても釣り合わない。

菊池は並んで走る小山と一郎の会話を注視する。

「今回はどうすっと？」

「君たちの部隊には人型戦車が補充で送られたが、後方で休養再編成は認められない」

一郎の言葉に、少し考える小山。

「まあ、現在の戦況ではしょうがないかも」

「そうとも言ってられないんだ。普通の戦車ならともかく、人型戦車は勝手が違いすぎる。まともな運用なんてできないはずだ」

「無茶な補充と。えっと、それで？」

「とはいえ書類上は君たちは完全補給状態だ」

「あー。それで、出撃命令がすぐに出たと」

「うん。でも、人型戦車を昨日与えられて翌日運用できる部隊はいない」

「最悪」

「だから、僕がいる。アフターケアしてあげるべきだよって、僕の上司が。自分で補給を陳情しておいてよく言うよね」

「まあ、でも補充がまるでないよりはいいかも」

小山の感想に、一郎は悲しそうな目を向けた。先程から観察を続ける菊池は、一郎は悪い人でもないのかなと思った。

「実際の戦力に釣りあわない敵と戦うのは無謀だと言っているだけさ。到着すぐで人型戦車のまともな運用なんかできっこない。今できるのは引き鉄を引くことくらいだろう」

「戦車は動けない。ってことね。よし、最悪の最悪であることはわかった。どうすればいいの？　頭脳労働」

小山はそんなことを言う。菊池は一郎をじっと見て、そうか、ひょっとして美千代の置かれた状況に心を痛めつつ、怪我しないようにしてるのかなと思った。だとしたらこの人は胡散臭いエリート様ではなく、坊ちゃんでエリート様なのかもしれない。

まあでも、どっちにしても結論は同じよね。悲恋確定。菊池は顔を赤くする小山を見てそう考える。

「もう少し、ここで待つ」

瓦礫の裏で一郎はそう言った。通信しながら、座標を伝えている。

小山たちから七〇〇メートル先の川縁。

「観測班から通信入りました。座標入力、完了。計算済んでます」

「よし、低速散布射撃開始。撃て！」

「撃て！」

かけ声だけは勇ましく、堀立瑞希は手を振って命じた。

新たに配備された二両の人型戦車は、土盛りされた土手を盾に寝そべるように配置されていた。

その人型戦車がジャイアント・アサルトという巨人用の突撃銃を構え、装備された航空用二〇ミリ砲弾をぶっ放しはじめる。

機関砲《モーターキャノン》の名のとおり、モーターの回る音がする。束ねた砲身が回転し、そこから砲弾が川の流れのように発射された。

灼熱《しゃくねつ》した薬莢《やっきょう》が、ブルーシートで作られた即席の巨大な薬莢袋の中で暴れる。

袋が瞬《また》く間に膨《ふく》れ上がるその様子を見ながら、堀立はお嬢様然と口を開いた。

「低速で、分速どれくらいの連射？」

「二〇〇〇発です」

「いくら軽い砲弾でも、これだけの砲弾をばらまかれたら、脅威よね」

熊本の戦車屋は砲兵のごとく投射重量で語る。貴重品の戦車は陣地から顔を出さず相手の陣地に砲弾をばらまくのである。命中よりもどれだけの重さを敵陣地に落としたかが重要になる。戦車の使い方としては正しくもないし有効でもないが、こと、この場面ではこの伝統が有利に働いた。戦車指揮官である堀立は新型の戦車を使いこなそうなどは思いもせず、一郎の提案を喜んで受けたのである。彼女の頭の中には、砲弾の重量と数量の掛け算しか頭になかった。それが彼女のいう立派な戦果なのだった。

川向こうが掃射《そうしゃ》されて横に長い煙をあげている。二〇ミリ砲弾は敵も瓦礫も何もかもを巻き込んで粉々に粉砕している。

「ああ、いい気分」

機関砲の振動をマッサージチェアのようにうっとりと受け止める堀立の言葉は、薬莢袋が熱で破られたことで唐突に終わった。

ペットボトルほどの灼熱の薬莢がいくつも転がってきて、堀立瑞希とその部下は悲鳴をあげながら右往左往した。

ロケットの飛翔音とはまた違う飛翔音とともに、人間の使う銃弾とは桁《けた》が違う、壁や柱を削る打撃がはじまった。瞬く間にあたり一面に白煙がたち、死が、量産される。

二〇ミリ砲弾の直撃で死ぬ小型幻獣はいない。

ただ、傍らを砲弾が通るだけで、小型幻獣はその衝撃波で踊り、ねじれ、死んだ。生き残った幸運な敵も、着弾の後の爆発で死んだ。爆発の際にばらまかれた砲弾破片で、死んだ。

直接の命中などまったく問題にしない、それがジャイアント・アサルトという武器だった。

なにもかも、めちゃくちゃだった。

どんどん死ぬ敵、幻獣……ゴブリンたち。あわてて撤退を開始する。

一郎は白煙の中で咳《せき》をしていた。目から口から鼻から、埃《ほこり》が入る。無理やり吐き出す。黒い塊《かたまり》が口から落ちた。見れば小山が水筒を渡してくれている。一郎は水を口に含み、うがいして吐き出した。

「大丈夫？」

「……まだ耳が痛い……目標は？」

「敵のこと？　敵ならミンチになってるわよ数は不明。いっぱい」

「そうか。なら次だな」

「次？」

「敵はバカじゃない。後方に控えた戦車駆逐幻獣を出してくる」

小山はうなずいて瓦礫から顔を出した。ゴブリン型の小型幻獣と入れ替わりに装甲が分厚そうな黒光りする七メートル級の中型幻獣たちが、入れ替わりに前進してきている。頭が三つ、尻尾にも顔があるように見える。それが、六体も並んでいる。

小山は唇を噛んだ。

「やばい、タンクハンターだ」

「キメラと、いうんだよ」静かな一郎の返事。

「知ってるわよ、それぐらい！」

大声で抗議する小山の口を、菊地と一郎が慌てて塞ごうとした。

小山はそれでもわめくのをやめようとしない。

「どうすんのよ！　この前タンクハンターにウチは戦車二輌を破壊されてんのよ」

「報告書は読んでいるよ。大丈夫」

「だからどう大丈夫なの」

「正面砲戦をやる」

一郎は、そう言った。


熱い薬莢が地面に落ちて、金属質のすごい音をたてている。

「観測班より連絡。敵、キメラ。数六、彼我、一〇〇〇、きます」

「ぎゃー。おちつけー！　武器、交換用意！　落ち着いてはじめ！」

落ち着いてないのは薬莢からかなり真剣に逃げ回る堀立だったが、確かにこれで戦死も戦傷も、いやだったろう。

二輌きりの人型戦車は、土盛りされた土手を盾に、寝そべるように配置された。

身を沈め、キメラたちが四つの頭から赤い光とレーザーを照射する。赤い光自身には攻撃力はなく、幻獣の照準確認用だった。攻撃力のあるレーザーは、赤い光のあとに短時間照射された。

土手に次々あたるレーザー。だが、貫通には至らない。

敵の砲撃が止むまで、土手の厚さを信じて待つ。命は掛かっているが、それだけの簡単な作業。戦車兵たちは土煙を被りながら耐えた。タンクハンターであるキメラにも弱点らしきものはある。ひととおり射撃したら、次の射撃まで三〇秒ほどある。頭が複数あるのはジャイアント・アサルトのように砲を束ねて冷却と連射速度向上を図っているのだろうと戦車兵は理解していた。それにしたって限度はあるというわけだ。

人型戦車は土手の裏に隠れ、頭も良く見えない。レンガのような頭の形にも意味はあったんだなと砲戦の様子を見ながら小山は思った。頭の形状のおかげで被弾面積が減り、目印にもなっていない。

「……なるほど。敵から見れば、ほとんど見えないね」

双眼鏡を見ながら、菊地も同じような感想を口にした。人型戦車、存外に実戦兵器としての風格を出している。

「はじまった」

小山はそうつぶやいた。

人型戦車は腕だけを動かし、ジャイアントアサルトを捨てると、自動的な動作で何本も立てられた戦車砲を拾った。

構える。

足元では女子高生たちが、四人乗りの戦車から一人乗りの人型戦車になったことで追い出された車長や射撃手が、戦車に伸びたケーブルを通じてコンピュータに指示を与えている。指示の大部分は無線から伝えられていて、彼女たちは言われるままにデータ入力していた。

「九〇ミリQ F《クイックファイア》用意出来」

「観測班よりデータ諸元届きました。入力完了」

よし、と掘立は勇ましく手を振った。

「全火器使用許可《オープンファイア・オールウエポンズ》。直接照準射撃開始」

「ガンパレード」

「撃《ガンパレード》て！」

人型戦車が一斉に身を起こし、次々と砲弾を放ちはじめた。

二〇ミリなどというまがい物ではなく口径こそ小さいものの今度は正真正銘、本物の戦車砲だった。

甲高い戦車砲弾の飛翔音。正面ではない。斜め上からの貫通弾となって穴をあけられたキメラがへたる。大穴を開けて絶命。中よりピンク色の液体を垂れ流し、赤い目玉を落として死んだ。

いきなりの命中弾。これは運がいいと堀立は爆風の中つぶやいた。次弾を修正せずに済む。

続いて二発目。

操縦手にとって直接照準は難しくない。びっくりするぐらい明るい照準器に映されたキメラにネジをあわせ、ペダルを踏み、ボタンを押して、ビーとなったら、引き鉄を引く、簡単な作業だ。身を起こし、直接敵と対峙すればもう観測班もいらない。

キメラの頭が、吹き飛んだ。一発必中で次々キメラが大穴を開けられていく。


その様子を見ながら仕事のなくなった観測班の一郎は冷静に口を開いた。

「人型戦車の砲は、そんなに強くないけどね。ああやって斜め上からの射撃なら、大きな大砲と威力が変わらない」

小山が双眼鏡を見ながらうなった。

「立ち上がるというか、起き上がることができるってのにも意味はあるのね。そうか。背が高くても、意味はあるのか」

菊池も双眼鏡を見ながら笑った。

「やあ、久しぶりに味方の戦車が活躍しているの見たよ……あ、敵が逃げていく。え。もう終わり？　味方はなんで追撃しないのよ」

「無理だよ。このあたりが限界だ」

一郎はそう言って座り込んだ。ため息一つ。

「足周りが不安だから、逃げることも、追いかけることもできない」

「ぎりぎりだったってこと？」

菊地は、確認するように言った。

一郎は、ただうなずいた。


そうして戦いは終わった。ゴブリンとキメラからなる幻獣の混成部隊は、大きな損害を出して撤退した。

小山は死んだ幻獣が、名のとおり幻と消えていく様を見ている。花びらのように薄くなり、消えていく。どこか綺麗で、全部むなしい。そんな風景を。

隣の菊地優奈も、同じことを思ったらしい。

「幻に消えるくらいなら、最初から出てこなければいいのに」

そんなことを言った。

「敵……幻獣だって、そう思ってるのかも」

単に敵と言わなかったのは何年かぶりだった。小山はあいつの影響よね、と考えながら、最初の戦闘のときと同じく、なんの感慨もなさそうな顔の一郎を見る。

戦争と縁がなさそうな計算屋なのに、自分より何より、戦争自身と戦争のむなしさを知悉《ちしつ》していそうな男。

いったい何がどうなってこんな人物になったんだろう。小山は一郎のことを知りたいと思いながら優しく声をかけた。

「勝ったね……また」

「そうだね」

「……あの戦車、なんて言うの？　名前」

「九八式士魂号《しこんごう》M型。スピリットオブサムライ」

「サムライかー」

小山は口の中で名をつぶやいた。戦車から離れて戦車を見直す。世の中は矛盾で満ちている。

「それで、これから、どうすっと？」

あ、あの、また、鍋とか食べない？　とは、小山はなぜか言えなかった。恥ずかしかった。

一郎は、小山を見た、ひどく優しく。

「もう二度と僕たちの計算に君たちが巻き込まれないように交渉してくる。じゃあ、元気で」

一郎は、歩き出した。

五秒考え、小山は一郎の手を引っ張った。

「私は別に嫌がってない」

さらにその小山の手を菊池が引っ張る。

「けど、関わらないでいいならそれが一番。そうでしょ」

菊池は一郎の目を見てそう言った。キスもしていない今なら、小山の傷はまだ小さい。菊池はそう計算していた。

うなずく一郎。黙って小山を見ずに去って行く。菊池は追おうとする小山を羽交い締めし、全力で小山の動きを阻害した。

第二章

1

数日後。

エアコンからは涼しい風が出ている。夏を思わせるほど雲が高い。今年は全般的に寒い日が多かったが、この日は例年並みの温度になりそうだった。

エアコン稼働中のため窓をすべて閉めた五高《ごこう》の司令室は、落ち着いた応接室という雰囲気を醸《かも》し出している。戦時中エアコンが使えるのは、それだけで一つの特権である。

窓際に立ち、目の前の廃墟を楽しげに眺める男、對馬智《つしまさとし》。狙撃される恐れは常にあったが、對馬はそれすら楽しんだ。どちらも自分の特権だ、せいぜい楽しみますよ、とは本人の弁だ。

「秋草《あきくさ》くんは、またいじけているのかな」

「いじけている」

応接室にありそうな立派な椅子《いす》に座って、かわいいマグカップで茶をすすっていた芝村神楽《しばむらかぐら》がそう答えた。この娘、見た目はどう見ても一〇歳に届いていない。ただその目は、ひどく老成しているように見えた。

對馬は肩をすくめる。

「本人の希望に沿って、あの娘がいる部隊を使わなくしたんですが」

「何か言ったのではないか」

「いえ、何も。ただ非常に苦しそうだったので、意地悪が過ぎたかなと。計算以上に相性が良すぎたのかも知れません。女を知らないせいで免疫《めんえき》がなかったのかも」

「過去にも落ち込むことはあった。大きな戦果をあげたあとは、特に」

「そのようで。大変ですね。戦争嫌いというのも」

「私も嫌いだ」

神楽は面白くなさそうに茶をすすった。

「なるほど、実は、自分もです」對馬は窓の外を見ながら言った。

微妙な沈黙。

對馬は再び肩をすくめてみせた。

「本当ですよ。ただ、どうしようもないものなので、楽しんでいるだけで」

「別に疑ってはいない」

神楽は短くそう言った。

「そりゃどうも」

對馬はぜんぜん感謝はしていないが、顔だけは笑顔で言った。

「いずれにせよ、困りましたね。彼は暗殺作戦の重要な駒です」

困っていないように言う對馬を無視して、神楽は席を立つ。そして對馬を見た。

「秋草の回復は、私がやる」

「はい。では僕は、いかように？」

「……そのときのための準備だ」

うやうやしく頭を下げつつ、片方の眉《まゆ》と顔を少し上げる、智。

「いちおう聞いておきますが、それは、本当に進めてもよろしいので？」

神楽は両手でマグカップを包んだまま、凜々《りり》しく顔を上げる。

「芝村と他は違うが、そこに限っては、違いがない。戦争も殺人もその他の罪も、我らもまた、どうしようもないから、やっている」

「なるほど。では、進めましょう。なに、すでに手は打ってあります」

戦前と比較して掃除が行き届いていない教室の外。節電のため窓は常時全開で、菊池《きくち》は早くも軽く汗をかきながら、手で顔を扇《あお》いで歩いていた。

あけ放たれたドアから入り、教室の中で一人、じっとしている小山《こやま》を見る。

「まだ落ち込んでる」

「うるさい。黙れ」

小山はそう言ったあと、貴重品のティッシュで洟《はな》をかみ涙を拭く。

「あんたが原因のくせに」

「そうだけどさ。でも本気で会いたいのなら、連絡のしようはあるわけじゃん。美千代《みちよ》だって。相手だって」

「そうだけど」

「そうなのよ。それで連絡してこないってことは、そういうことでしょ」

みるみる内に涙が溜まる小山。鼻の頭はすでに赤い。

「意地悪」

「自覚はちょっとあるけどね。まあ、いいからいいから。次行こう。次。新しい出会いがあるってば。ね。〝新〟隊長。新戦車随伴兵《ずいはんへい》指揮官どの」

「単に前の隊長《佐竹さん》が死んだだけじゃない。だいたい優奈《ゆうな》だって〝新〟副隊長でしょ。……え、いやひょっとして」

小山は、顔が赤くなる。

「外に出たら、また花もってる奴がいる、とか」

「それはないから」

目をそらして新たにティッシュを使う小山。菊池は、こいつ男に免疫《めんえき》がなかったからなあと上を見た。

「だから、次って言ったじゃない。今日は視察よ、視察。我が戦車部隊指揮官殿のおとも、戦時の外でも、随伴ってわけ」

不意に現実に引き戻された小山は、堀立《ほりたて》を思ってげっそりする表情をうかべた。

「ものすごく遠慮したいんだけど」

「向こうもそう思ってるんじゃないかなあ？」

小山の手を引き、ついで背を押しながら菊池は歩く。

「それで、こういう風になっているんだから、きっと、命令だよ」

「命令には、逆らえない人だからなあ……」

小山はそう言ってため息をついた。

菊池は元気づけるように、なおも背中を押しながら言った。

「今度、暇《ひま》見つけて、合コンでもやろう」

「ダメよ。私、もう恋なんてできない」

「熊本弁バリバリに使う割に乙女なんだから。いいから行くよ」

外に出ると、おめかしした堀立がいた。アイロンをかけたスカートにブラウス。選び抜かれたリボン、三つ編み。そして眼鏡《めがね》。

「遅いですよ」

背筋を伸ばした堀立に言われ、菊池は誠意なく口をひらいた。

「すみませーん!」

「バスがもう出ます。急いで」

返事をする前に木炭バスが来る。昨今急造された木炭を燃料にする不恰好なバスで、燃料事情的にはいいのだがとにかくパワーがない。坂道では乗客が降りて押して手伝う必要がある代物だった。

揺れるバスの中、一番うしろの席で女子高生が三人が並んでいる。

こうして並ぶと、戦車兵である堀立より、歩兵である小山と菊池は、体格がいい。もともと体格で振り分けられたのがわかる。身長一六〇センチの菊池より、堀立はもっと小さい。そのせいもあり、妹というか中学生にも見えた。

三人とも、警戒の現れか、腕を組んでいる。それぞれが横を見ないように、会話する。

「視察って、なんですか」

小山が言う。

「ええ。人型戦車が配備されたから、それを、ね」

堀立は心なしか低いテンションで言った。

「何を見るんですか」

菊池がそう言うと、堀立は腹を立てながら口を開いた。

入口

「……だから、すでに人型戦車を配備している戦闘部隊の、視察です」

いいですか、と、堀立はお姉さんぶって言う。

「我々は戦車のプロではあっても人型戦車のプロではありません。可能な限り情報収集して、盗めるノウハウは全部盗む。これは戦車随伴兵《スカウト》にも言えることです。重大な任務だと思ってください」

腕を組んで頭を傾ける小山。普通の戦車と人型戦車の違いは確かに大きそうだが、こと随伴歩兵についてはあまり変わらないような気がする。死角が多い戦車の周囲に展開し、死角をついて肉薄する敵を撃退したり、偵察や観測に走ったり、その辺はまあ、違いはないだろう。戦車兵より技術的に学ぶところはあまりないはず。堀立の指示はいまいち心に響かない。

「先輩部隊、か」

菊池も腕を組んで頭を傾けていたが、我にかえって、口を開いた。

「しかし、よくとおりましたね。視察なんて」

「それが、この間の戦いの翌々日にね。軍令部から、急に」

少し嬉しそうに微笑《ほほえ》む堀立、ロザリオを手に、祈る。

「これも日頃の行いね。主のお導きよ」

「はいはい……」

うんざりした小山を覆《おお》い隠すように、菊池は苦笑い。小山は心ここにあらずといった体《てい》で、遠くを見ていた。

それを見て、秋草と引き離したのは失敗だったかなあと、思う菊池。いや、間違ってないと思い直す。気分を切り替え、窓の外を見た。

「あ。ここですかね」

「服装、ちゃんとしてくださいね。それと卑屈になんかならないでください」

「はーい」

バスが止まり、三人はぞろぞろ降り立った。バス停から学校まではほど近い。信愛《しんあい》学園か。と小山は思う。同じキリスト教系、しかも女子校なら親身に教えてくれるだろう。そんな細かな配慮まで感じる。上が出した命令とはとても思えない。

あるいは、秋草一郎が仕組んだのかもしれない。菊池が横を見ると、小山も一郎の影を感じたか、目に涙を浮かべていた。こりゃ重傷だ。

菊池は何も言わずに歩いた。見れば校門前に出迎えがいた。

すごい美人のショートカットのお姉さんと、ものすごい体格の兵隊だった。

兵隊はそう、どう見ても女には見えない。あれ、間違ったかなと菊池は思った。

まあ、いいか。

「こんちはー！」

「こんにちは、です！」

すぐに突っ込む堀立。

笑う美人のお姉さん。薄い化粧《けしょう》が却《かえ》って強力な色気を感じさせる。一方兵隊は朴訥《ぼくとつ》な笑みを浮かべていた。この笑みは味方の笑みね、と菊池は考える。

「宮石忠光《みやいしただみつ》と申します」

「原素子《はらもとこ》です」

宮石と名乗った男は頭を深く下げた。原と自称した美人のお姉さんは軽く会釈《えしゃく》。このお姉さん、気は強そうねと菊池は思う。

「あ。男がいるんで驚きました？　うち、この学校に間借りしている別の部隊なんです」

原素子はそう言って案内するように歩き出した。

「あ、そうなんですね」

原に追いつこうと歩きながら言う堀立。二人が並ぶと、堀立の野暮《やぼ》ったさが目立った。

校庭にはプレハブがあり、プレハブの近くには、用具入れを改造した指揮所がある。そこに二人の男がいた。一人は美男で窓際に佇《たたず》んでいて、一人は自らの顎髭《あごひげ》を引っ張りつつ茶をすすっていた。

「ふむ。まあまだな。一人中学生みたいのがいるが」

窓際の男、瀬戸口隆之《せとぐちたかゆき》が小山たちを見ながら言った。目は鷹《たか》のように鋭いが、本来垂れ目でである。ついでに言えばまあまあとは容姿についてのことであり、軍人としての評点などはまるで入ってなかった。この瀬戸口、軟派である。

眼鏡を光らせ座ったまま、窓のほうを窺《うかが》う顎髭男、善行忠孝《ぜんぎょうただたか》。

「ははは。こりゃまたずいぶん、かわいい子ばかりですね」

意外そうに、瀬戸口が片眉をあげた。

「隊長は、ああいうのが好きなんですか」

「いいえ。まったく。かわいいと好きは違いますよ。大木《おおき》君はどういうかな」

「彼は眼鏡でお下げ好きらしいですよ。それはともかく、いいんですか。相手しに行かないでも」

瀬戸口に言われて、善行は茶をすすった。緑茶がうまい。

「居留守ということにしています。必要なことは、報告書に全部書いて、もう出していますから」

それを聞いてなぜか意地悪そうに笑う瀬戸口。

「ま、上から信用されてないってわけだな。だから、視察が入る」

瀬戸口の嫌みに善行はどこ吹く風とばかりに、あけ放たれた窓から風を感じた。

今日は、暑い。

「仕事はしているんですから、そのうえでどうとられるかは、任せますよ。ただまあ」

善行は微笑んだ。苦労人の微笑み。

「うちには芝村さんがいますからね……それだけで敵も味方も増えると思います」

「ふむ、敵か味方か。俺が確かめてこようか。根掘り葉掘り」

「根掘り葉掘りですか。いや、やめておきましょう。ああいう年端もいかない娘を根掘り葉掘りとかいうと、どうも犯罪的響きがします」

「大丈夫だ。必ず落とせる」

「色事がダメだと言ってるんです」

「お堅いな」

「いえ、後始末が面倒くさいだけです」

小山と菊池は、周囲をもの珍しそうに見ながら歩いている。そのうしろで、威厳を正しなさいと、咳《せき》をする堀立。

「風邪《かぜ》ですか」原は、微笑んだ。

「あ、いえ。そうなんです」

堀立はコホコホと、わざとらしく咳のまねをした。

背を向けていることをいいことに、舌を出す小山と菊池。

それを見て、宮石はつい笑ってしまった。

「大変そうですな。どこの部隊も」

「そうなのよ」

小山が言葉を続ける前に、堀立はうしろから小山のうしろ頭を押さえ会話に割り込んだ。

「そうなんです！　言うことを聞かない随伴兵がいて困ってるんです」

「あにお!?」

「まあまあ、二人とも」

宮石は菊池と小山を抱き上げ、原は堀立を羽交い締めにして距離を開いた。

「宮石さん」

「了解しております」

原の言葉に宮石はうなずくと、二人を抱え重さをものともせず歩き出した。

しばらく歩いたのち、宮石の足が止まった。

裏庭には、戦車用の整備テントがある。テントというよりは天幕で、具体的にはサーカス用のテントである。サーカス名を覆い隠すように、黒い塗料で５１２１と部隊番号が大書されている。

小山と菊池を抱えたまま、宮石は天幕を頭で押して中に入った。天幕の中はひんやりした。

吊り下げられた四台の人型戦車が見える。

いずれも顔がなくレンガのような頭をしている。立っているときは生き物のようにも感じたが、今は吊り下げられ弛緩《しかん》しているせいか、ただの人形のようにも見える。魂《たましい》が入っていない感じがすると、科学的でないことを小山は思った。

しかし、魂が入っていないとはいえ九メートルの巨人が並ぶというのは、圧巻である。抱えられたまま、小山と菊池は息をのんだ。

遅れて入ってきた堀立も巨人を見て目を離せないようにして口を開いた。

「士魂号《しこんごう》Mが四台も……すごい」

「実は、一台は非稼働状態なんですけどね」原は笑って答えた。

あわてて、引力から逃れるように原を見る堀立。

「あ、そうなんですか」

「ええ、整備の人手が足りなくて」

「あ、で、ですよね。ですよね!! よかった。うち、配備からこっち、未だに全数稼働したことないんです」

目を輝かせる堀立。そう言うことこそ聞きたかった。

原は、全部わかってるわよと微笑んでうなずいた。

「わかります。この子たちは動けばいいんだけど、何せ、手がかかるから」

「しまった」

急にしょんぼりする堀立の顔を、原がのぞき込んだ。

「あ、いえ。うちの整備を連れてくればよかったなあって、反省しています……」

「ああ、そうですよね。まあ、それは今度でも」

「？　なんでしょう」

原はそう言って、少し苦笑した。


そんな堀立をほっといて、小山と菊池は勝手に歩いて見て回っている。とはいえ先ほどから、吊り下げられた巨人たちしか、すなわち上しか見ていない。

小山は四機の人型戦車のうち、特異な形の人型戦車……士魂号M複座型を注視した。

「背中長いね……」

「猫背っぽい？　ん。違うか。なにこれ」

菊池が目を細めながら言う。

「ああ。複座型……騎魂号《きこんごう》というんですが……はセカンドパイロットを乗せるスペースを捻出するために背部を盛り上げて三メートル伸ばしてまして。それだと起立バランスが悪くなってしまうんで胸より上をそのまま一メートル前にオフセットしています」

「あ。猫背じゃなくて首とか腕の付け根とかがずれてたんだ。よく見ると人型してないですね。これ」

小山は違和感の理由に気づいてうなずいた。

「そうなりますな」

「詳しいですね。人型戦車に」

菊池が言うと、宮石は恥ずかしそうに笑った。

「昔から戦車が好きでして、中に乗るよりは外から見上げるほうが楽しいと、随伴歩兵をやってます」

「あ。そうなんだ。そうかも」

「私たちは無理矢理なんですけどね。随伴歩兵、大変じゃないですか」

「そうですな。人型戦車は特に大変と言うより、やることが多いですから。パイロットとの意志疎通《そつう》が重要です。まあ、人型戦車に限って言えば随伴歩兵は完全に戦車の一部、相棒といっても差し支えありません」

小山は何事か考える。菊池が肘鉄《ひじてつ》を食らわせた。

「あの男は人型戦車パイロットじゃないから」

「わ、わかっとるたいそれぐらい」

顔を赤くして小山は言った。気を取り直して宮石を見る。

「私、自分の部隊の戦車パイロットの名前も知りません」

「隊長が歩兵と戦車のやりとりを許さないんですよ。なぜか」

小山の言葉を補足するように菊池が続けた。

「大変そうですな。どこの部隊も」

宮石がそう言って苦笑いした。

微笑みかえす小山。どう見ても歩兵だ。仲間だった。

「そうなんですよ。うちの戦車指揮官、どうも、小役人で」

小山の袖《そで》を引っ張る菊池。二人で宮石から少し離れて、ひそひそ話をはじめた。

「なによ」小山はおもしろくない顔。

誘った菊池は、深刻そうな顔である。

「あの人、成体クローンだよ。同じようなの、戦場の死体で見たことある」

「はぁ、それが？」

「精神安定してなくて、暴れる人も多いって」

「そんな風に見える？」

小山の言葉に気が抜けたような顔になる菊池。まあ、心配しすぎか。確かにあの人は安定していそうだ。

「それもそっか。でも、ああいうのも好きなんだね。てっきりあんたインテリが好きかと」

「あんでもかんでも恋愛に結びつけるな、色狂い！」

下のほうから色狂いとか、なかなか整備テントでは聞かないような単語が聞こえて、複座型のパイロット、速水《はやみ》厚志《あつし》は機体のレーダードームである頭の部分から、ひょいと首をのばして、下の様子を確認した。

高所恐怖症では、人型戦車のパイロットにはなれないと言われるほどの高さである。

難しい顔をするこの人物。難しい顔が似合わないような人物である。背が低くて顔はぽややんとしている。ありていにいうと、人が良さそうな顔をしていた。

速水は自分のうしろを振り返った。士魂号の首筋にとりついて整備するセカンドパイロット……ガンナーを見る。

「芝村、お客さんがきてるよ」

「知っている」

目も手も休めることなく、配線をいじるポニーテールの少女。芝村舞《まい》。

レーダーはガンナーの商売道具。整備の手はなかなか抜けない。

そんな様子を見て、しょんぼりする速水。

「あ、うん。それならいいんだ」

「相手をしてくればいい」

修理箇所から目をそらさず、舞はそう言った。さらにしょんぼりする速水。

「あ、いや、別に。ごめん」

「あやまらないでいい」

「うん……」

しょげかえる速水の声に、初めて舞は顔を上げた。

まだ、幼さの残る顔。真面目そうで、気が強そうだ。

「堂々とするがいい。芝村の友よ。我らは間違ったことをすることもある。だが、恥ずかしいことはしておらぬ。決して」

随分大仰《おおぎょう》な言い方である。それを普段から言うのが、この一族といえなくもない。

2

薄暗い中にいる。そこでうずくまっていたところ、誰かがやってきた。

非常口を示す灯り。そこに照らされるシルエットは堂々とした小さな女の子のものだった。

「秋草一郎《いちろう》。そろそろ、夕食の時間だ」

「今は一五時三〇分だよ。早すぎる」

レンガのような形をした頭、レーダードームの横でうずくまっていた一郎はそう答えた。不敵に笑う芝村神楽は、スイッチを押して灯りをつけた。

ガレージ全体が明るくなる。うつ伏せに寝た人型戦車、騎魂号がやけに白い灯りで照らされた。

「背が重い。吊り下げてやりたいが、この天井ではな」

ガレージは校舎一階と二階の一部をぶち抜いて作られていたが、それでも高さが足りていなかった。人型戦車の身長九メートルには届かない。それどころかトレーラーの上に積んだうつ伏せの騎魂号の背中が、天井に接近していた。

「そうだね。深澤《ふかざわ》くんも整備がやりにくいってこぼしていた」

「そのうえ時間外作業だ。苦労をかける」

年齢不相応の言葉遣いで、神楽はそう言った。迷彩のためか、真っ黒に塗られた騎魂号には部隊マークも機体番号もなにもレタリングされていない。

「整備は進んでいるか」

「通常の計算業務があるから時間外でしか作業できないし、胴体内の機材を入れ替えないといけないから。まだまだだね。計算機と強化された通信機は、昨日入ったよ」

「５１２１を研究するうえで一機だけ押さえて導入したものの、そのままでは使い道がないからな」

一郎が顔をこわばらせる。神楽は無視して騎魂号の太股の装甲板を手で叩きながら一郎の首元に近づいた。一郎を見上げる。

「夕食には確かに早かったな。訂正する。お茶の時間だ」

「なにそれ」

一郎は無理して少し笑った。

上を見上げ、凜々《りり》しい横顔を見せる幼女、神楽。

「泣くなとは、言わぬ。だが、そなたの涙は、私にも堪《こた》える」

「そんな言い回しもできるんだ。賢いね。神楽は」

「それはほめてはおらぬぞ」

「ごめん、ありがとう……大丈夫だよ。心配しないで」

一郎はまた少し微笑んだ。

神楽は真面目そうにうなずいた。

「この前、そなたから見舞いを受けたので、そのお返しだ」

そう言ったあとで、神楽は少しだけ微笑んだ。

「それとさっきのは、年上の妹が、よくそういう言い方をしていた。なかなか似ていると、自分では思っている」

「年上なのに妹なの？」

一郎は笑った。神楽が自分を慰《なぐさ》めようとしてくれているのがわかった。それが嬉しく、またありがたかった。

「昔の話だ。今は妹でもなんでもない」

「難しい話だね」

「まったくだ。かわいい妹だったのだがな」

神楽は一郎に声をかける。

「堂々とするがいい。芝村の友よ。我らは間違ったことをすることもある。だが、恥ずかしいことは、しておらぬ。決して」

ついに一郎は声に出して笑った。涙を拭いてトレーラーの上から降りてきた。

「そうだね。ごめん」

「話に聞いたあの二人と離れたことが悲しみの原因なら、この部隊に引き入れたらどうだ。どうせ、護衛はいる」

「そんなこと心配しないでいいんだよ。それに、僕の仕事は危険だからね」

「どこも危険だと思うぞ。ならば、という考えもある」

「いいんだ」

一郎は会話を打ち切って神楽を抱き上げた。

「遠くで幸せになってくれればいいと思っている」

3

その夜。戦時中には珍しく、提灯《ちょうちん》を掲《あ》げる店がある。

名を「味のれん」といい、かつては居酒屋で、今も居酒屋だが、主たる客は酒が飲めなかった。学生、なかでも学兵ばかりだったのである。

なので、今は深夜まで開いている飯屋という風情である。この店、学兵を集めていい息抜きの場として存在していたせいで、軍からも黙認されていた。灯火管制下でも提灯を掲げていられるのはそのためであった。

カウンターに並ぶ、菊池、小山、宮石。

「だから私は言ってやったんですよ！」

赤ら顔で派手にコップを置きながら言う小山。文句あるのかと、宮石を睨《にら》む。

傍《かたわ》らの宮石は少しだけ微笑んだ。聞いておりますとばかりに、うなずく。姿勢はしっかりしている。

小山は一郎を思い出して目線をそらし、顔を赤くしてテーブルに顔を突っ伏した。

「あーむかつくー」

その言葉を聞いて、苦笑いからの愛想笑いを浮かべて菊池は宮石を見る。

「すみません。最近、たまってたようで」

「ぬあにがたまってるよ！」

顔をあげてわめく小山。頭を押さえる菊池。

「みかんジュースで酔わないでよ！　恥ずかしいから」

「酔うかぁ！」

微笑むままの宮石。困ったうえに愛想笑いの菊池。

「自分に、酔ってるみたいで」

宮石は我慢できず少し身体を揺らして笑った。

「あまり、笑わないんですね」

「いえ、大いに笑っております」

宮石は力強さを優しく加減してそう言った。小山の背をなでながら、菊池は口を開いた。

「そうですか。あの、楽しくなかったら、ほんとすみません」

「いえ。自分はこういうのを、好いております」

「そりゃ特殊なご趣味で」

突っ伏したまま顔を横にし、宮石を見てそう言った小山の言葉は嫌みだったが、言われた本人はそうはとらなかった。ただ、少し嬉しそうにごつい顔を真面目に向けた。

「こうやって皆が愚痴《ぐち》を言ったり、騒いだりできていることを見ていると、人の営みを、今日も守ったのだと思います」

脱力して再び突っ伏す小山。

逆に、驚異の光景を見たような顔をした菊池が、口を開く。

「真顔で、そんなこと言う人はじめて見ました」

「そうですか？」

宮石はいたって普通かつ、真面目だった。涼しい顔をしている。

突っ伏したままの小山を無視して菊池は少し優しく言った。

「そうですよ。今時、そんなの言う人いませんて」

「では、今の自分のいる部隊が、恵まれているんでしょうな」

宮石は哲学者のように口を開いた。

「自分は思います。正義とは、弱い樹です。誰かが守らねば。すぐに枯れてしまいます」

笑う菊池。さほど悪意のない、かわいいものを見たかのような顔。

「宮石さんが守るんですか？」

「力不足ですが」

宮石は静かに言った。カウンターの上に置かれたコップを見ながら、その目は、ここでない遠くを見ているかのようだ。

「自分より小さな、弱い、戦友《なかま》が、必死に守ろうとしております。自分が手伝わないというのは、恥ずかしいと思いました」

宮石は、誰かを思って言った。

顔を上げて菊池を見る。その瞳は大きな犬を思わせた。

菊池は口を開けてその顔を眺めたあと、優しく微笑んだ。

むくりと起き上がった小山の目が据《す》わっている。

「あんた、いいこと言った」

え。と、驚く菊池。

小山はふらりと幽鬼のごとく立ち上がると、菊池の首根っこを摑《つか》んだ。

「よし、行くぞ。あの男のところに突撃だ！　あたし、告白してくる！」

目が点になる菊池。宮石は、なんのことやらわからず、真面目に話を聞いている。

菊池の顔が赤くなる。

「この会話の流れでなんでそうなるのよ！　バカ」

小山は目線を合わせず、まっすぐ出入り口を見て口を開いた。

「同じよ。この人だってたとえ勝てないでもやるんでしょ、やらなきゃいけないことだから！」

息を吸い込み、激白する小山。

「私だってそうだ！」

周囲が、びっくりして小山を見ている。

注目される恥ずかしさから、菊池は両の手のひらで顔を隠した。

「勇気が足りなかった。経験とか、立場の差とか、いろんなのを言い訳にしていじけてた。私はこれじゃだめだ。私らしくない」

「いやもう、私らしくなくていいから迷惑かけないようにしようよ！」

「し・る・かぁぁ！」

「わぁぁ！」

歩いていく小山。

宮石は微笑んでうなずいたあと、勘定を親父《おやじ》に支払った。


暗い道を小山は大股で歩き、菊池は手を引かれてついていく。

あたりに人はいなかったが、菊池は周囲をはばかって小声で話しかけた。

「こんな時間だよ!? やめようよ！」

「いやだ。やめない」

「門限があるって」

「今日は視察で特別外出！」

「明日昼にでもやればいいじゃない」

「そのときには、私、死んでるかもしれない」

「そこは努力目標でしょ？」

「うるさい、だまれ」

ずんずん進む小山。菊池は逃げ出すこともできずついていく。いや半ば引きずられている。

あきらめずにまた声をかけた。

「バスだってないって」

「歩く！」

「この肉体派バカ!!」

追いかけてくる笑い声。菊池はびっくりして振り向き立ち止まる。小山も菊池に引っ張られて止まった。

「あれ。宮石さんまでついてきたんですか」

「は」

小山は宮石をうろんな目で見る。

「なんで？」

「行きがかりで。自分がきっかけな気がしますし」

宮石はそして、少し微笑んだ。

「何より夜です。女性だけで歩くのは、危ない」

「私たち、戦車随伴兵《タンクデサント》ですよ。平均寿命三週間の」

なんの気負いもなく、そう言ってころころ笑う彼女たちに宮石もまた、暗くならずに微笑んだ。

「自分もそうです。条件が同じなら、普通でいいんじゃないでしょうか」

菊池は嬉しそうに、少し顔を赤らめて言った。

「じゃあ、護衛お願いします」

「はっ。身命に代えても」

「はい」

菊池は上機嫌になった。

「あれ、どうしたの？　美千代、行くんじゃないの？」

菊池の手を引いてそそくさと宮石から距離をとったあと、頭をぶつけるようにして小声で小山が尋ねた。

「なに、成体クローンとか苦手じゃなかったの？」

「えへへ、どうも食わず嫌いだったみたいで」

じと目で見る、小山。菊池はさりげに目をそらした。

「それにしても、本気で行くの？」

「うん」

小山は、小さく震える拳《こぶし》を隠した。

「……だって、明日、勇気なくなってたら、いやだし」

「だめだと思うんだけどなあ」ためいきをつきながら菊池が言う。

小山は、拗《す》ねたように口をとがらせた。

「それでもいいもん。むしろ、そっちがいい」

「なにそれ、変態？」

「自分が好かれたりしたら、いろいろ怖くなりそうじゃない」

「……まあ、それはそうかもね」

菊池はその言葉に妙に納得がいった。

恋人ができて、死ぬのが怖くなったら、熊本でも、いずれは日本全土でも、生きてはいけなくなる。幻獣の侵略は続いている。

「まあいいや、いこ。静かにね」

「うん」


同じ頃、秋草一郎は眠れずに一人うつ伏せになった黒い騎魂号の傍にいた。

5121。神楽が口に出した部隊番号が、心の中で一郎を傷つけ続けている。

5121。5121。呪われた名前。死者の名を借りる幽鬼《ゆうき》の部隊。

遠くから犬の哀れな鳴き声と、ヘンな声。

背筋を震わせ、一郎は一瞬幽鬼が来たような錯覚《さっかく》に陥《おちい》った。

ヘンな声は、小山美千代の声だった。

「たのもう！　たーのーもーうー！」

　という、声である。

「時代劇かっての」

　ため息混じりの菊池。というか、うるさいからやめろと言いたい。目をやれば歩哨《ほしょう》として立っていた門番と番犬が、揃って宮石に抱えられている。哀れな声をあげていたのはこの番犬。犬種はシェパードだった。

　小山はそれほど時代劇ごっこをし続けなくてもよかった。懐中電灯を片手に、カーディガンを羽織《はお》った一郎が一人やってきたからだ。

　明かりに照らされる、びっくりした顔の小山。一郎はそれ以上にびっくりしている。

　二人でびっくりしてたら話が進まないじゃんと、菊池は呆れた。小山の背を押すかどうかで、少し迷った。

　小山は上を見て、下を見て、暗くて良かった、たぶん今は顔が真っ赤だと思った。目をそらす。頭は真っ白、顔は真っ赤、周りは真っ暗ときている。何を言うべきかも、忘れた。

「へえ、何か持つこともあるんだね」

「え？　なんのこと」

　なんで来たのと理由を聞き損ねて、一郎はついそう尋ねてしまった。

「懐中電灯持っている」

「暗いから」

その答えは小山を満足させなかった。懐中電灯で顔が照らされぬよう、横を見る小山。

「戦場で銃は持たないのに？」

「軍隊では、兵科にあわせた武器を持つ。僕の武器は銃じゃない。計算だ」

そこまで喋《しゃべ》って一郎は違和感に気づいた。周囲を見る。

「歩哨は？　あとグリンガム号」

「あ、ワンちゃんのこと？　それなら、協力者にちょっと……」

「ちょっとって……」

手を広げて間に入った菊池は、ニッと笑ってみせた。

「それはいいから。夜も遅いし、はい、美千代っ」

そう言うと、くるりと小山の背に回って押し出した。

焦る小山。

「え、あ、あのちょっと」

「がんばれ！」

「いきなり!?」

一郎の不思議そうな顔が近すぎる、と小山は思う。しかし菊池は背中を押すのをやめない。

「え、あ、あの……」

胸がぶつかる前に、一郎が小山の腕を掴《つか》んだ。あ、肩幅私よりあるんだと、小山はなぜかそれが嬉しかった。真っ赤になりながら下を見て言った。

「元気、だった？」

小山の言葉に、菊池は脱力した。

まあ、そんな気はした。やっぱ明日でもよかったじゃん。

一郎は、押し出される小山を支えながらその瞳を見る。

「まあ」

一郎も顔を赤くした。一郎の顔が赤いので、小山はもっと赤くなった。

「そう、ならいいんだ」

消え入りそうな声でそう言って、小山は下を見続けている。勇気はもう、売り切れである。

聞き慣れない少年の声が聞こえたのは、そのときだった。

「宮石さん……いませんか」

「は！」

声に呼ばれ、それまで離れて右に歩哨の肩、左に犬の胴体を抱いていた宮石は、姿を見せた。

声を発していたのは、暗がりから姿を見せた気弱そうな少年だ。

「こちらにおります、速水十翼長」

小山と菊池は、その名を呼ばれた瞬間に表情を激変させた一郎を見た。一郎は小山をかばうようにして、気弱そうな少年を睨んでいる。

4

一郎の前には幽鬼がいた。死者が生前とは似ても似つかぬ声で、喋《しゃべ》っている。

こいつが……。

こいつが、速水厚志であるものか……!!

瞬間、血が沸騰《ふっとう》した。憎悪で目を見開きながら幽鬼を、速水と呼ばれた者を見た。

視線の意味がわからず、一郎に微笑んでみせる速水。

一郎は刃のような視線を送る。だが、それは長くは続かなかった。

宮石が、敬礼したのである。額にそろえた指をつける敬礼ではない。学兵流の胸に手をあてる、それである。

「お呼びでしょうか」

「ううん。ただ、みんな心配しているから」

おおよそ、軍隊では聞かない人探しの理由だった。

気弱な少年がそう言うと、宮石は微笑んで頭を下げた。

「ありがとうございます」

敬礼せずに頭を下げたのは、軍務ではないことを示すためだったが、誰もそれには気づかなかった。

宮石は、歩哨と犬を解放した。顔を上げて小山を見る。

「無事に役目を果たせましたか？」

小山は恥ずかしそうに笑った。

「まだ、がんばらないといけないと思うけど」

その言葉を聞いて、宮石は気持ちのいい、微笑みを浮かべた。

「自分も、いつもそんなものであります。では、失礼いたします」

宮石は歯を見せて笑みを見せると、参りましょうと速水をつれて去った。

残される三人と一人の歩哨と一匹の犬。

小山は、宮石と速水が去った闇を睨んだままの一郎を見る。怖い表情。幻獣にも見せたことのない、憎しみが見て取れた。

「どうかした？」

「別に」

別に、どころじゃない。様子も態度も、激変している。

小山は首をすくめると、またそっと、一郎の顔を見る。

「怒った?」

「……君に怒ったんじゃない」

「筋肉ついた人、嫌いとか」

小山は自分のすっかり太くなった二の腕を見ながら言った。

「そんなについてたようには見えなかったな。どちらかというと、華奢《きゃしゃ》に見えた」

「うっそ。控えめにいってガチムチばい」

「誰のこと言ってるんだ」

「宮石さん」

一郎は脱力した。脱力したついでに、怒りが去った。怒るにも当の相手がどこかにいってしまったのだからしょうがない。ため息。

「……そっちじゃない。それはいいけど。もう夜遅いから。今日はこっちに泊まって」

菊池は目を見張ったが、小山は小さくうなずいた。

「いくらなんでも早すぎない? 明日には子供の申請とか出す勢いじゃや?」

「「なんのこと?」」

小山と一郎は同時にそう言った。

　宮石と速水の帰り道。

　いつの間にか、綺麗《きれい》な月が出ていた。速水は月を見た。黒い月と、古くからの月、二つの月を。

　並ぶ宮石が、優しく口を開いた。

「しかし、忠孝様にも教えていませんでしたのに、よく自分の場所がおわかりで」

「芝村が、調べたんだ」

　それが何よりも大事なことのように、速水はつぶやいた。

「なるほど。さすがというべきでしょうな。コンピュータの力、ネットの力というものはたいしたものです」

　宮石は笑ってうなずいた。身辺を調べられて痛いところなどまるでない、この人物は好漢である。

「……東原《ひがしはら》とか、心配してたから」

　速水は、とってつけたようにそう言って微笑んだ。宮石も笑い返した。

「ははは。それなら忠孝様もお許しになられるでしょう。我が隊で一番強いのは一番小さい子ですな」

「そうだね」

　しばらく、黙って歩く。

宮石は優しく言った。

「いい話です。世界は、そうでなければなりません」

「小さい子のために皆が動く？」

速水のその疑問に、宮石はうなずいてみせた。満足そうに。

「は。自分は、それを信じるが故に忠孝様に仕えております」

「いい話だね」

「まったくです」

また沈黙。速水は歩きながら宮石を見上げた。

「僕にもそうなれとか言わないの？」

「強制されてなるものではありません」

「そっか」

歩きながら下を見る速水。下を見るなと言われたことを思い出した。

色鮮やかに、その声がはっきりと耳の奥で聞こえる。

速水は顔を上げた。

「でもきっと、芝村も喜ぶだろうね」

宮石は、答えない。宮石は静かに、一緒に歩くだけだ。

目線を落としそうになる速水。

「がんばってみたいなぁ。がんばってみたいなあ……」

速水がそうつぶやくと、宮石はそっと口を開いた。

「そうですな。自分もがんばってみたいと常々思っております」

長い廊下《ろうか》を歩いている。女の子二人を引き連れ、三人で歩いているのにいつのまにか一人で歩いているような気分になった。一郎は不思議な気分になる。どうしてそう思うのか。あるいはそう思いたいのか。

泥沼のような、暗闇の中を歩いている。

暗闇の中から歯の欠けた、元気そうな少年が一人、一郎の横に姿を見せた。これは思い出だと一郎は思う。そうでなければ、幽鬼が僕に、悪い魔法をかけている。

元気そうな少年は、欠けた歯を見せるような満面の笑みを浮かべて一郎を見ている。

「イチロー、俺も、あたったよ」

「あたりじゃないよ。軍に取られるんだから、それにそういう呼び方じゃ駄目だよ、あっちゃん」

「えー」

「えーじゃない」

「俺、もう中学だぜ。もう、大人だ」

「あっちゃんが大人になるのはいいと思うよ。まだはやいと思うけど。でも僕は、戦争嫌いだよ」

「好きな奴なんか誰もいねえだろ」

秋草は弟のようにかわいがっていた幼なじみの顔が曇《くも》ったことを思い出す。

「でも、仕方ないだろ、こっちがしたくなくても、向こうが来るんじゃ仕方ない」

秋草は暗闇の中で歩きながら今も昔も、同じことを言う。

「戦争は嫌いだ。暴力は格好悪いよ。でも……」

非常灯の灯りが見えて、三人分の足音が戻ってくる。歯の欠けた少年は消え失せ、一郎は拳を握って考える。

——ねえ、あっちゃん。僕は君の名を奪って幸せそうに生きてる奴が、許せないんだ
暗い夜の校舎内を歩いている。

先頭に立つ一郎の顔が厳しい。心配し、何か言おうとして言うこともできず小山はこっそり一郎にくっついて歩いた。菊池がそれを面白そうに見ながら、ついてくる。

一郎が急に立ち止まった。

ガラクタが左右に積みあがった部屋の入り口に、ひどく場違いなほど磨かれた大看板があり、

スローガンが書かれている。

一目見れば、その看板が大事にされていることがわかる。非常灯の光を受けて淡く輝く程度に、磨き込まれていた。それがなぜガラクタの山の中にあるのか、小山には不思議だった。男の子というものは、そういうものかもしれないと思った。

〝ここそは、理性と知性が野蛮と暴力を打ち破るところ〟

〝我々は計算しかできない〟

〝我々は計算ができる〟

「ようこそ、熊本五高、0101二度寝天国小隊へ」

静かに言う一郎に、小山は看板を見て優しく微笑んだ。

それは遠い異国で、故郷の花を見たような、そんな笑みだった。

「このスローガン。歩兵の本領みたいね」

「歩兵の本領、なんだろう、それ?」

小山は微笑んだまま口を開いた。

「ランニングのときに延々歌わされるの。歩兵賛歌《インファントリー・ヒム》ってやつね。我々は歩兵である、我々は歩くしかない。我々は歩くことができるって、ね? 似てるでしょ」

一郎も微笑んだ。

「そうだね、人間は誰しも、自分がやれることをやるしかないんだよ。きっと」

「兵隊は得にね」

お、うまくやってるじゃんと、菊池は二人が微笑みあっているところを見てにやけた。こりゃどこかのタイミングで退散すべきかもしれない。

部屋に入る。

蛍光灯の寒々とした光に照らされた、男所帯。並べられ、うるさい音を立てる雑多でたくさんのコンピュータ。そして、目に眩しすぎるのか、輝度を最低に落としたCRTモニターたち。その上には万国旗のように男物のパンツが並んで吊されている。

小山はとりあえず、口の端を震わせた。

いやまあ、男の部屋なんてこんなもんよ、弟の部屋がそうだもん。とは菊池の弁。


物が落ちる音がした。

落としたのは、赤澤正雪《あかざわまさゆき》だった。手に持っていた模型を落としたらしい。

「女だ」

「あー？　赤澤さん、妄想し過ぎでチンコが頭から生えてま……ぎゃー、女ー」

赤澤と深澤が呆然としているところを、小山と菊池が見る。

「キモ」

小山の容赦《ようしゃ》ない一言に、傷つき二人が崩れ落ちる。

キーボードを静かに叩いていた末綱《すえつな》は、ため息をついて立ち上がる。

「すみません、ここの人たち、変態ばっかりなんです」

「……た、大変そうですね」

「いえ。僕は慣れてますから！」

末綱が、かわいらしいスカートを揺らしながら元気よく言う。

「僕……？」

「あ、末綱くんは、男の子だから」

笑顔でそう言う一郎。

「あ、しまった、女装のままだった！　わ――――！」

呆然とする小山と菊池。

「わーて」

「女装て」

四人は呆然となり、女装の少年は一人で慌てている。

一人マイペースなのは、一郎だった。これだけ皆が騒いでいると、幽鬼も出てこない。

一郎は隣《となり》にいる小山を見る。小山は額に手を当てていた。

「どうしたの、頭痛？」

「うん、結構本気で頭痛かった」

「寝不足かな、早く眠ったがいいかも」

黙ってじっと、一郎を見る小山。

「なに？」

「いや、あんたは、まだまともなほうだったのね」

微笑む秋草。

「みんないい人で、優秀だよ」

小山と菊池は同時に、えーと言った。

「本当だって。深澤くんは動物好きだし、赤澤さんは親切なんだ。末綱くんは、頼めばいやって言わないしね。優秀なのはそう、僕たちは五人で、一個師団に匹敵する効果があるから」

小山は仕方ないなあという風に笑った。

「何それ、病気？　って言いたいけど、あれでしょ、計算」

「うん」

そうかぁ、と言いながら小山は腕を組み、目はそらす。

「つまりその、計算を実現化させるために肉体労働がいるわけで、誰かと組むわけよね。ということは、いつも誰かにあの、当選の薔薇《ばら》渡してるの？」

「いや、男の人には渡してないな」

その言葉に、横を向いて目を細める小山。

「女の人には渡してるんだ」

「そうだけど」

小山はよくわかっていなさそうな一郎を睨んだ。

「これまで何人に渡したの」

「延べ二回かな」

「私たちだけじゃない！」

「そうだけど、それが？」

小山は何もわかってないような一郎の肩を揺らした。無知は罪だろうか。乙女的には罪である、という顔で。小山は顔を赤くして一郎の肩を熱心に揺らしている。

一郎は小山ではなく菊池を見る。小山も視線に気づいて、菊池を見た。

そこには、力尽きたように膝《ひざ》をついた菊池がいる。一郎と小山は首を傾げた。

「優奈、どうしたの？」

小山が尋ねると菊池は自らの震えを止めるためか、自身の肩を抱いている。

「あの男の腕が、私より細くて色が白くて肌のきめ細い！」

「ああ、末綱くん？」

「いやまあ、私ら泥に汚れる前提の、直射日光上等の仕事だから」

「顔も小顔だし」

のけぞる菊池。パンチする小山。

「私のフォローぐらいちゃんと聞け！」

「だってぇ」

小山が菊池に顔を近づける。

「大丈夫、ついてる以上は恋敵にならないから」

「ついてる以上は恋敵にならない……ついてる以上は恋敵にならない」

下を向いたまま、菊池は復唱を続ける。

「うん」菊池ががくりと肩を落とした。

「だめ、あたし傷ついてる」

着替えながら、半裸姿で一郎が微笑んだ。

「ははは。面白いね。二人は」

「レディの前で着替えるなバカ！　しかもくたびれたトレーナー！」

「いや、気楽な格好のほうがいいかなって」

小山は、顔を真っ赤にして秋草を殴る。

下を向いてため息をつく小山。菊池がその肩を叩いた。

「あんたも大変よね」

「もすこし傷ついてろ、バカ」

菊池にそう言い返し、小山は目を細めて一郎を見た。

「も少し、おしゃれに気を使ったら？」

「なんで？」

「言うと思った！」

「なんで怒ってるの？」

「私だってわかんないわよ！　バカ」

不覚にも、小山は涙目になった。

泣いた子には勝てないと、一郎はうっかりいつもやってきたように頭をなでた。

「よしよし、泣かない泣かない」

小山をなでなでしながら優しく苦笑する一郎。その姿を呆然とみる赤澤の眼鏡が、割れた。

「うお、これが三次元の力か」赤澤を庇うように立つ深澤。

「赤澤さん、だめです、あれは目の毒です。清い我々ではあれを受けたら死んでしまいます」

「バカもん、俺はあえて毒を受けて目を鍛えるのだ」

「そうか！」

二人でならんで凝視する赤澤と深澤。二人の眼鏡が、同時に割れた。

末綱はその隣でいそいそ男子の制服に着替えた。

「どうですこれで、僕も男らしく」

全員は三秒の間、末綱の顔、頬、艶《つや》、キラキラを見たあと「あんまりかわってないし」と言った。

「え、僕だけ皆から言われるのっておかしくないですか」

末綱の言葉を聞き流しながら、一郎は言う。

「これが、僕の仲間たち。もう一人いるけど。お姫様は?」

「お姫様は入浴中だ」

赤澤は三次元の女というか小山たちを見ながら言った。ちなみに赤澤の中では神楽は子供であっても女ではない。

「またキラキラの男かー」

菊池が脱力しながら言った。

「?」

キラキラとは何のことかわからずに、一郎は前髪を指でくるくる巻いた。

「髪が、伸び過ぎだ」

「これ使う?」小山が出したのは、髪留めだった。

かわいい髪留めを見る一郎。つけてみる。目が笑っている小山の表情を見て、口を開いた。

「やっぱり髪を切ってもらうよ」

「えー。かわいいのに」

「秋草、お姫様が来たぞ」

赤澤たちは全員が起立して背筋を伸ばした。小山と菊池は驚いている。

ドアが、開く。

入ってきたのは、髪が少し濡《ぬ》れたパジャマ姿の美少女だった。鋏《はさみ》とタオルを持っている。

末綱、赤澤、深澤、一郎が気を付けする。

男たちの心に、無限の勇気でも沸いたかのように、口元がほころんでいる。

「お帰りなさい」

「お帰りなさい」

「お帰りなさい」

髪をタオルでサンドしながら、うなずく神楽。

「うむ。皆、正義は守っているか」

「滞りなく」赤澤は堂々と言った。

「ぬかりはないか」

「何一つありません」

背筋を伸ばして深澤は言った。

「結構。では、世にはびこる野蛮《やばん》のことごとく、人を苦しめる暴力のことごとく」

歌うように神楽がそう言うと、赤澤たちは復唱した。謡《うた》うように。

「理性と知性の我がキーボードで」

「我がCPUで」

「集めに集めたこの情報で」

輝くような笑顔を見せる神楽。

「打ち破ろう。諸兄。私は、ペンは剣には勝てないが、キーボードはどうだろうかと、常々考えている」

ハッカーたちにはそれが最高の冗談だったか、赤澤たちは自信深げに笑んだ。この少女への絶対の信頼がすけて見えるようだった。

神楽は小山を見上げた。

「そこもとは？」

「もこもこって何？」

「そこの子らは戦車随伴兵です。部隊コードは4333」

この子、誰？　と小山が言う前に赤澤の報告を聞いて神楽はうなずいた。

神楽はうさぎのスリッパを履いていた。

「報告は見ている。それが、なぜここに」

「校門前で、保護したんだ。あの、女性で、それに夜遅かったので」

一郎の報告に、神楽は優しく微笑んだ。

「よくやった」

「うん」

神楽は小山と菊池を見上げて、慈悲深く、また偉そうに口を開いた。

「ここは見てのとおりだが、友軍からは手厚く守られている。安心していい。明日にも原隊に戻れるように手配しよう。それまでは客人として過ごされよ。末綱、客人に案内を。對馬は様子を知っているだろう、寝具などを整えさせよ」

「わかりました」

それで興味をなくしたように、神楽は背を向けた。

「秋草」

「はい」

「ついてこい、そなたに用がある」

一郎と神楽は並んで歩き出した。遠ざかるうしろ姿を見て、今度こそ本当に呆然とする、小山と菊池。小さな子供が高校生ぐらいの人々を顎《あご》で使っていた。

「な、なにあれ」

「うちの実質指揮官だ」

「はあ？」

その反応が気に食わなかったか。赤澤は目を細めて言った。

「見た目で判断するのはやめたがいい。あんたも、女とか子供とか言われて、いやな思いをしてきたろ？　それと同じだ」

赤澤は普段の雰囲気を一変させて重々しく言った。

「俺ら計算屋は才能が九九％の職場だ。お姫様には才能がある。誰も敵わない才能だ。皆から最高の尊敬を受けるに足りる才能だ。異業種にわかれとはいわん。だがここでは尊重した顔をしろ」

そこまで言ったあと、赤澤はＣＲＴモニターを優しく叩いた。

「あのお姫様にはな、コンピュータの神様が、目一杯ひいきしているんだ。あるいはあの人こそ神様かもしれん」

モニター室では、上機嫌で對馬智が笑っていた。小山の姿が映っている。

上を見て片手で顔を覆い、笑っている。

「運命だな。秋草一郎は竜になる運命だ」

對馬は笑いながら言った。

「人が竜になるためには、悲しいことが必要だ。彼女はその身を捧げて神楽様の秋草君を強く

してくれるだろう」

神楽の自室はかわいらしく統一されている。ぬいぐるみがあってかわいいカーテンがあって、クッションもある。うさぎのぬいぐるみはぼろぼろだったが、神楽はこれがないと眠れない。そういうことを一郎は知っている。

その部屋の真ん中に据えられた椅子の上に、一郎は行儀《ぎょうぎ》良く座った。足下には新聞紙が敷き詰められている。新聞紙の上に落ちる、一房の色の薄い髪。

鋏を持った神楽が、背伸びして一郎の髪を切っていた。

「嫌なことでもあったか？」

髪を切りながら、神楽は片目を瞑《つぶ》ってそう言った。

「……嫌なものを見たんだ。アレを、あっちゃんの名前を、奪った、アレを。殺したい。殺したかったよ」

鋏をもって、再度片目を瞑り、左右のバランスを見る神楽。そうしながら、口を開く。

「人を殺すのも戦うのもいい。だが怒りや悲しみで人を殺すな。戦うな。それは悪だ」

鋏を入れながら、神楽は巫女《みこ》のように言った。

「生きるために殺せ、打算で戦え。それが殺す者が守るべき、最低限の礼儀だ」

前髪を切られ、外を見る片目を向けて神楽を見る秋草。

「金のために戦うのはいいの？」

「そうだ。それが生きるためなら、他に選ぶこともできないのなら、問題ない」

納得できず、考えている秋草。

「問題がないってことは、仕方ないってこと？」

「主観の相違だ。私は仕方ないとは言わない。他人のせいにするのは子供の頃にやめた。少なくとも今の私は、いつでも望んでそこにいる」

「神楽は強いね」

「強いのではない。真剣なだけだ。生きることに」

神楽は秋草の肩の髪の毛をタオルではたいた。

「秋草、真剣に生きろ。仕方ないなど言うな。そなたの主はそなただけだ。誰にも屈してはならぬ」

「それも礼儀？」

「そうだ。生きるということは殺した者たちに対して礼儀を貫くことだ。礼儀を貫け。秋草。死者に礼儀を守るのは我ら、至高墓所を護る死の姉妹。そなたは私の友だろう？」

小山は一郎の席に案内され、一〇秒後には掃除をはじめていた。

汚かったのである。本当は腰でもおろそうかと思っていたのだが、埃《ほこり》だの飲みかけのジュー

スなどが目につき、気づいたら掃除していたのである。

「どうせ汚れるから、掃除なんかしないでも」

そう言う赤澤に、小山は手を動かしながら言った。

「どうせ腹が減るからって、あんた一食抜かしたりするの？」

「本当だ。これは発見ですよ」

深澤が眼鏡を指で押しながら言った。

「黙れ、俺はハードボイルドな会話をしているんだ」

「ズボラなだけでしょうが」

自動ドアが開く音がする。赤澤と深澤は同時にドアを見た。

ドアの向こうには、寝袋を二個もった對馬が微笑んでいた。

「やあ、寝具を持ってきたんだが、もう一つみんなに伝えることがある」

掃除しながら、小山は尋ねる。

「この人は？」

「名目的隊長です」

末綱の言葉を気にするでもなく、對馬は満面の笑みで寝袋を渡しながら言った。

「戦いが、来そうだよ」

「曖昧《あいまい》な表現ですね」

深澤は眉《まゆ》をひそめ、そう言った。この職種の人々は、敵だの戦いだのと言う曖昧な表現を嫌う。

「無限に時間があると仮定すれば、そうなるんじゃないか」

赤澤がそう言う。

先程の小さな女の子とは違って、えらい待遇の差だなと小山は思った。にもかかわらず、名目的隊長はニコニコしている。

「もう少し對馬《隊長》さんの話を聞きましょうよ」

末綱がそう言うと、皆が黙った。

嬉しそうに笑む對馬。

「やあ、ありがとう。末綱くん。うん。それでね」

對馬はリモコンをいじると、大スクリーンに映像を映した。

「一〇分前に、市街地外郭部の街頭カメラが影を映している。V1（初期発生）相当だ」

「V4（実体化）は一二時間以内ですね」

「仮に九時間としても実存しそうな範囲が広すぎますよ」

「画像の鮮明化、かけます」

末綱が立ったままキーボードを操作した。影が明確になる。

「どう見る？」對馬は笑っている。

「ゴルゴーンですね。こいつが前に出てくることは珍しい」

深澤がデータを見ながら分析を口にした。

「ヒントはこれだけだ。計算できるかい。兵力は集中すれば集中するほど望ましい」

左右を見る小山。赤澤たちはうなずいた。三人がそれぞれ席に戻り、キーボードを叩きながらデータを見、評価関数を書いて意見を言い合う。

「囮《おとり》の可能性は?」

「ないと思う。ゴルゴーンは向こうでも貴重品ぽいから」

「護衛がいない」

「町の真ん中に現れる気はないからだと思います」

「囮でもない。護衛もいない、奇襲でもない。その答えは」

赤澤の言葉に、深澤と末綱はそれぞれ口を開いた。

「移動中」

「攻勢発起点へ移動中」

「對馬さんによると兵力は集中すれば集中するほど望ましいそうだ。幽霊の間に集合かける、このあたりじゃねえかな」

「支持します」

「そんなところでしょうね」

そこに髪の毛を切ってすっきりした一郎と、着替えた神楽が歩いてきた。

「秋草、お前どう思う」

赤澤はそう尋ねた。話の内容は当然把握しているだろうという口振りだ。神楽と一郎はそれぞれうなずく。

「それでいいと思います。でも、実施部隊としては、相手がどこ狙うかが知りたいんじゃないかな」

神楽が指を動かし、どこをどう操作したか大スクリーンに地図を表示させ、熊本市全軍の兵力配備状況を映し出した。

「現在、人類側の前線兵力配置は薄く、広くだ」

「幻獣は少数の兵力を貴重品でつぶすほど間抜けじゃないですよ。夜に隙間を抜けてきたほうが速い」

深澤の指摘に、赤澤はうなずいた。

「以上から、敵の狙いは兵力の減殺ではないと思う」

「場所の確保狙いじゃないですか。相手としては突破口をあけて侵入したい」

末綱がそう言うと、一郎は机の上に腰を預け、簡単にテンキーを叩き計算しながら口を開いた。

「仮に簡単に前線に穴をあけたとして、戦果を拡大するのに必要な戦力は、三個連隊相当かな」

うなずく末綱。深澤が異議を唱える。

「相手は払えないと思いますよ。侵入しても四方八方から、攻められる。幻獣はバカじゃないのは統計的な事実です。十分な戦力が溜まるまでは、積極的に来ないでしょう」

「それでも来るとすれば？」

「データ取り」

「威力偵察」

「ふむ、その辺だな」

神楽はうなずいた。過去同じような行動をとった幻獣の事例を並べて大スクリーンに表示した。類似例は三例あった。

「對馬、敵は威力偵察。本気じゃない攻撃。情報取ったらすぐ撤退すると思う」

「貴重品を使ってまで情報が欲しい、か。敵味方が睨みあってせっせと兵力を増やしてる昨今らしい展開ですね。推奨《すいしょう》する対応案はなんでしょう」

一郎がそう言いながら、過去のゴルゴーンとの戦闘成績を表示した。全般としてどの兵科にも多大な損害を与える難敵だったが、いずれも距離三キロ以上だった。逆に百メートル以内では損害を戦果が上回る傾向がある。

「データを見る限りは、少数兵力での近接戦、奇襲返しでゴルゴーンつぶし。ポイントが高いと思います」

一郎が言う。

「支持　歩兵小隊による攻撃を推奨」

「支持」

「支持」

「支持」

赤澤の言葉のあと、全員が賛意を示した。

手を叩き、満面の笑顔を浮かべる對馬。

「よし、それでいこう。よくやってくれた。休んでくれ」

「あーい」

「うぃーす」

「寝るべ寝るべー」

全員、ばらばらに去っていく。

残される小山と菊池。對馬は笑みを浮かべて、寝袋を二人に渡し、去っていった。

一郎は二人に声をかける。

「どうしたの？」

小山は自らを、恥じていた。掃除をしてやっているくらいでちょっと偉そうにしていたと思ったのだった。

「いや、すごいなって。限られた情報で、数分で」

「限られてはいない。あんたも報告書はうるさいくらい出してるんだろ」

「赤澤さん」

一郎の言葉を無視して、自室に戻ろうとする赤澤は足を止めて言った。

「その報告は蓄積され、分析され、今俺たちが使ってる。少なくはない、限られてもいない」

「むしろ、たくさんすぎるから僕たち計算屋がいるわけで」

末綱が微笑んだ。

「あんたたちが命かけて集めてきた情報だ。俺らの働きは屁みたいなもんだが、情報の価値はもっと認めてくれ」優しく笑い、言葉を続ける。

「味方は死んでも、情報は残っている。情報になって俺たちを護っている」

そう言い置いて、赤澤は立ち去った。

「まあ要するに、もっと自分の仕事には誇りをもってくださいってことで。じゃ」

赤澤についていく深澤。

小山は恥ずかしそうに頭を掻いた。

「私、勘違いしてた。戦闘の度に事務処理している連中をバカにしてた。そっか。私が死んでも、誰か、守れるんだ。事務処理する人と、あんたたちがいれば」

菊池が難しい顔でうなずく。

「死亡報告書を毎回書いて、こういう状況でこう死にましたとか書くの、つらかったんだけど、それなりに意味、あったんだねぇ」

「うまく、使うようがんばってます。僕たち。じゃ、あの、明日早いんで、寝ます。待ってくださいよ、赤澤さん！」

末綱は可憐《かれん》に微笑んで、去っていった。

なぜかダメージを受けてよろける菊池。

「どうしたの」

「キラキラにやられた」

秋草は微笑んだ。

「ごめんね。皆夜はやくて、寝るのも仕事なんだよ」

「……あんたは仕事しないの。その、寝ちゃう？」

そう小山に言われて、一郎は微笑んで口を開いた。

「仕事だけじゃないだろ。人間は、赤澤さんがわざわざ、君に話をしたのは、計算……仕事だからじゃない」

「そうか。そうだね。ごめん」小山は恥ずかしそうに言った。

にこっと笑い「よくできました」と一郎が答えた。

一郎の笑顔に照れている小山のうしろで、對馬智は大いにうなずいた。

「若いっていいなあ」

「まだ帰っとらんかったと」

「いや、自分はこれから上への報告とか、作戦勧告とかしないといけないからね」

長い髪を振って對馬は笑い、一郎と小山を見る。

「彼の提言で君たちを使わないようにしていたんだが」

その言葉に驚いた表情の小山の前に、怒りもあらわに一郎が立った。

「なんでそんなこと話すんですか」

「言ってなかったのかい？」

「聞いてません！　なんですかそれは」小山が顔を赤くして一郎を押しやった。

「ああいや、自分としては成績が良かった君たちをもっと使いたかったんだが、現場に送っていた彼がね。使わないでくれって言うんだ」

對馬は笑って一郎を見た。その得意げな目を一郎は睨みつけた。

「君たち二人が仲よさそうなものを見て、自分も遅ればせながら秋草くんの言うことを理解したのさ。小山君と菊池君だっけな。君たちは危険だ」

「危険てなんですか。その言い方」

「ここに立っている秋草君はエリートなんだ」

「だからどうしたって？」

「わからないかな。秋草くんは君たちがいると計算が狂うと言っているんだ。感情的になってね」

「僕はそんなこと言ってません！」

肩をすくめる對馬。

「そうそう、秋草くんは小山君を護ろうとしていただけだったね」

顔を真っ赤にして、小山は一郎を両手で勢いよく押した。

「私が護ってやってるんです。こいつを！」

「んー。まあ、そうなんだけどね」

「何が言いたいんですか！」

いい加減にしてくれとばかりに一郎が對馬に食ってかかった。

「いや、何も。ただ君たちを見て、いろいろ納得したというだけさ」

笑う對馬。彼の笑顔を無視して、小山は秋草を見る。

「ほんとなの？　あの、私を危険に遭わせたくないとかって」

何も言わず、横を見る一郎。拳を握る小山。

「私、頭は確かに悪いけど、あんたに護られたいなんて思ったことない」

「死んで欲しくない」

「私の代わりに誰かが死ねばいいって言ってるの？」

「そんなこと言ってない！」

「言ってるじゃん！」

一郎が黙ると、小山も言葉を失った。しかし、肩を怒らせ、顔を上げると手を伸ばし、對馬を指さした。

「そこ。私を使うならヘンな気回さず普通に使って。私は、誰の挑戦でも受ける！」

「それちょっと違わない？　美千代」すかさず菊池が突っ込む。

「うるさい。黙れ」

「へいへい。まあ、いいけどね」

引き下がった菊池は、会話の流れを見守った。對馬は笑ったままだ。

「それは志願ってことでいいかな。最近負け戦の処理で計算部隊といえど、ちょくちょく現場に出ることが増えてね。戦力はのどから手が出るくらい欲しいんだ」

「志願でもなんでもいいわよ。ただ、私はぜーったいに、こいつなんかに護られてやんない」

思いっきりブスな顔で小山がそう言うと、一郎は口を開いた。

「なんだよ、その言い方」

「ははは。若いっていいな」

「「おまえが言うな！」」

自分の言葉にその場にいた全員に突っ込みを入れられ、對馬は笑ってみせた。

「ははは。参ったな。じゃあ、退散するとしよう」

「恨みますからね」

一郎は去って行く對馬の背にそう言った。

「恨んでもいいが、年長者としてこれだけは言っておこうか。避――」

珍しく真面目な表情で言った對馬の言葉は、最後まで続かなかった。神楽がウサギのぬいぐるみを對馬の顔面に華麗に当てたのである。盛大に倒れる對馬の軌跡を、小山と一郎の視線がたどっていく。

「神楽」

「こやつにはよく言っておく。秋草」

倒れた對馬の襟《えり》を掴みながら神楽は言った。

「はい」

「自分の善意で他人を潰してはならぬ。それだけだ」

神楽が對馬を引きずると、彼はすぐ立ち上がって謝りながら歩き出した。

暗く、長い廊下を歩きながら、神楽は對馬を見る。

彼は笑っている。いつもどおりに。

「何か？」

「猿芝居だな」

「左様で。ですが、目的が達成できればいいのです」

5

数日後、夜。

午後から崩れだした天気は、雨こそ降らないものの厚い雲を形成し、熊本の上を居座ったまま動かなかった。空に星はない。

「で、こうなるわけね」

弾痕《だんこん》も生々しいビルの壁を背景に、戦闘強化服であるウォードレスを着た菊池優奈は言った。小銃を肩に、がっかりの様子。

目線を動かす。相方の小山美千代が、赤い花を一輪もって、まんざらでもなさそうに匂いをかいでいた。

「花の匂いなんかかいでないで、ほら。仕事しろ」

菊池は、そう言いながら、手際よく、夜戦用ポンチョを渡した。

女子高を元にした部隊であることを利用し、暗幕を裁縫《さいほう》して作りあげた戦地急造品である。

「これつくったせいで、学校から暗幕なくなっちゃったね。映画鑑賞のときとかどうすんだろ」

「それまで生きるのが重要だって。あんた以外のみんなで裁縫したんだから、ほら」

小山にポンチョを着せる菊池。寸足らずなのは、思わずポンチョを踏みつけてこけないようにする歩兵の知恵だった。

「闇夜のカラスね」

くるりと回りながら小山は言った。

「夜色は女を綺麗にするっていうけどね。貧乏くじだなぁ」

ぼやく菊池。小山は顔の前で両手をあわせ、花と一緒に菊池を拝んだ。

「ごめん。巻き込んだ」

「いいけどね。あんたが告白しに行くって言ってた時点で、こうなるだろうなとは思ってたし。それに」

「それに？」

「誰かが恋に落ちるところ、見たいって思ってたから」

「……悪趣味っていうんだからね。それ」

「へへへ。ま、それにあの人たちと一緒だと、装備とかよく陳情してくれるしね。ほい。ヘルメット」

ヘルメットを受け取り、それを見て苦笑する

「夜戦ゴーグルはいいけど、ヘルメットはね……」

「顔、黒く塗りたくるよりいいんじゃない？」

「……そうだけど」

でもこれでは、秋草は私に気づかないかもしれない。そんなことをつぶやいて、小山は顔を赤くしていそいそとヘルメットと一体化したゴーグルを被る。

ウォードレスと一体化したフルフェイスヘルメットは、それだけでなんの表情もない。味方識別も困るので、顔部分にはそれぞれペイントがしてあった。

「今回は二人だけじゃないんだから、しっかりしてよね」

左目が星のペイントの小山が、いささか声をくぐもらせて言った。

顔全体が髑髏《どくろ》をかたどった、菊池がセンサーを光らせた。

「こっちの台詞《セリフ》だって。みんな、いいね」

小山と菊池の部下たちが、はーいと声をあげた。いずれも一四、一五の少女兵たちである。

続々とポンチョをかぶり、ヘルメットをつける。

「工兵《エンジニア》は？」

「僕が担当です」

神出鬼没に現れたのは、末綱安種だった。

──あれ、秋草じゃないんだ……

自分の小さな胸の痛みに小山だけが気づいたとき、隣の菊池は予想以上のオーバーアクションをしていた。

「げげぇ、お姫様！」

「僕、男ですよ」

「知ってます」

菊池が冷静に切り返す。髑髏マスクと優男が、至近で見つめ合う。

末綱はコケティッシュに、首を少しかしげて見せた。

「骨の材料《プラスチック》不足ですか？　怒りっぽいのは……」

「色白で腕細いのを言ってるんです、私は」

「恋はじまった？」

その小山の発言と、発砲音は同時だった。

小山は、頭上の真新しい弾痕を見たあと、向き直って菊池を見た。

菊池はヘルメットを取って、赤い顔を見せた。視線は合わせない。

「ごめん、誤射《ごしゃ》っちゃった」

「てんめー、優奈」

「なによ」

睨み合う二人。間に入る末綱。

「まあまあ、喧嘩やめましょうよ」

「似てる！」「すごい似てる！」

二人の同時の指摘に、末綱は、え、いま喧嘩してましたよね、という顔をした。

「なにが……ですか」

「その雰囲気の読めてない発言、秋草に似てる」

「そうなんですか？」

「そうなの。で、あいつはどうしたのよ？」

小山は顔を見せないで言った。ヘルメットの中は、恥じらい全開である。

菊池は目を細めて言った。

「ただいま大恋愛中」

「誤射るわよ」即座に言い返す小山。

少し考えたあと、末綱はにこっと笑った。

「秋草さんに似てると言うのは、褒《ほ》め言葉ですね。ありがとうございます」

「えー」「ええー」

「秋草さんは、誰かと喧嘩したらしくて、もう会えないとかなんとか言ってました」

「なんば言いよっとねあん男は」

「まったく乙女ねえ」

菊池の言葉に、銃を向ける小山。

まあまあと間に入り、末綱は様子をうかがうように菊池を見た。

「それはそれとして、そちらの準備は大丈夫ですか」

「大丈夫。そちらこそ、まさかその格好で行くつもりですか？」

菊池がそう言うと、末綱は意味なく胸をはった。

「大丈夫です。学校の制服です」

言外に男らしい服装だから大丈夫ですと言ったつもりだが、少女二人に、通じるわけもない。

菊池は、上から下まで、細くて白いうなじとか、細い二の腕とか、自分より背が低いとか見たあと、目を背けて言った。

「戦争に行く格好ですか。それが」

「僕たちは銃を使うのが仕事ではありません」

小山は、いらいらした。秋草に似てるのがすごいムカツク。秋草が顔見せないのが、もっとむかつく。何よあいつ。

「あーもう、あんたが目立つと歩兵部隊くらい、一発で全滅って言ってるのよ。優奈！」

それで思わず、八つ当たりのようなことを言った。

「オッケー」

頭からぽんとポンチョを着させられる末綱。片手で末綱を抱える菊池。

小山は抱えられた末綱を見ながら言った。

「大量で面倒くさい報告書を真面目に読んでる、あんたたちを信用してるから、爆薬どうしたのとかは言わないわ。いくわよ。福音《ふくいん》女学院。ファイト」

「おー！」

少女兵士たちが手をあげて、そう答えた。

そのかけ声を合図に、待機していた人型戦車たちが、ゆっくり動きはじめる。

人型戦車、士魂号は兵士を二名ずつ手に乗せると、背伸びしてビルの屋上に揚陸しはじめた。

二台の士魂号で四往復、歩兵一個分隊がビルの屋上に上げられる。

「まあ、こういうところは人型もいいんじゃない？」

「そうね……」

手を振る小山、士魂号も手を振ると、二〇ミリ機関砲《ジャイアント・アサルト》を拾って、ゆっくりと歩き出した。

そのぎこちない動きを見て、不安になる小山。

「随伴歩兵なしで、大丈夫かな……」

「せいぜい目立って撤退するだけだから、大丈夫だって。敵中に浸透する私たちのほうが、よっぽど危ないよ」

優奈はそう言うと、〝お姫様〟を抱いて「行きましょう、隊長」と言った。

小山はうなずく。手を振りながら口を開く。

「全員。前衛《フォワード》と後衛《バックアップ》、二人組《ツーマンセル》で移動開始。音をたてるな」

そう言うと、自ら先頭で進み出した。

崩れかけたビルの上を歩いていく歩兵部隊。

ビルからビルに渡り歩き、眼下の道路で道を埋め尽くすゴブリンを見て、冷や汗をかいた。

「全弾使っても、きっと一〇〇分の一も殺せないね」

「わかりきったこと言うな」菊池の言葉にそう返すと「マッパー」と小山は部下を呼んだ。

地図を広げ、ヘルメットに開いた肉眼確認用の小さなのぞき穴から、目を限界まで見開く地図係《マッパー》。

暗視ゴーグルは地図を見るのには役立たなかった。だから肉眼で見るしかない。

「方位そのままです」

小さな声。

「行くぞ」

小山は凛々しく言った。

それ以外は声もなく、中腰でビルの屋根づたいに中腰で進軍を再開する歩兵部隊。

「ちょっとはびびった、お姫様？」

「いいえ。菊池さん。僕は、皆さんを信用しています」

心の底からそう思っている顔で、末綱はそう言った。

「……ありがと」

ヘルメットかぶってて良かったと、髑髏の奥で菊池は顔を真っ赤にする。

お姫様にそう言われたら、騎士は死ぬまでがんばるに違いない。

「あと三〇〇メートル。ゴルゴーン確認。最短ルートを送信しています」

「よし」

小山がそう、言ったときだった。

部下の一人が、足を踏み外した。ビルの間を飛び越えるとき、わずかに目測を誤ったのだ。

声にならない声をあげ、咄嗟《とっさ》に手を伸ばす小山。手は届かず、部下は滑るように何度かぶつかりながら、ビルの下に落ちた。

いた、あいた……と、外れたヘルメットをさがし、ぶつけた尻を触る少女兵は、そばかすの顔に絶望を浮かべて、ビルの合間からこちらを注視する赤い瞳の群れを見た。

小山は部下の様子を見下ろしたあと、目を引きはがすように顔をあげた。

「急ぐわよ、前進再開」

「待ってください。助けましょう」

そう言ったのは、末綱だった。

「お姫様！」

菊池が思わず声をあらげる。

「末綱です」

小山は怒りの目で末綱を睨んだ。

「バカ言わないで。こう見えても、私たちはこの任務の価値くらいわかってる」

「こっちだ！」

議論をせずに、男らしく末綱は叫んだ。幻獣たちが一斉にビルを見上げた。

「お姫様！」

菊池が今度こそ本当に叫ぶ。

「議論する時間はありません。状況は変わりました」

「アンタは一人のために何人殺す気だ！」

小山が怒鳴《どな》る。

「一人だって殺させません！」

その身から想像できない大声で末綱も言い返した。

「僕たちは、一個師団に相当する計算力があります。信じてください」

小山はヘルメットを取ったあと、涙目の顔を見せた。

「……最初に何をすればいいの」

「救出です。あの子をビルまで上げてください」

末綱はそう言うと、自らの左腕に埋め込まれた多目的結晶に触れた。

（すいません。秋草さん、神楽さん。状況変わっちゃいました……）

戦闘機のコクピットを思わせる機器が、末綱の憤《いきどお》りと願いを表示している。

「よくやった。末綱安種」

狭い狭い機械に囲まれたオフィサーシートで、神楽は画面を見ながら堂々と言った。ヘッドセットをかぶっている。

「これからそなたを三つ褒める。まずは正義を貫いたことを褒める。続いて我々を信用したことを褒める。そして何より、危険を顧みず、状況に流されず意地を通したことこそを褒める」

（ありがとうございます……！）

「状況更新に合わせて再計算している。二分稼げるか」

（大丈夫です）

神楽は年相応にかわいらしく微笑むと、前席の秋草に言った。

「秋草一郎。状況が変わった。スタンダップ。騎魂号」

「うん」

戦後の資料では士魂号複座電子戦機と呼ばれる、七機しか作られなかった機体のその一つが、破壊されたビルの中からゆるやかに立ち上がった。

生物を思わせるしなやかな動きが、他のいかなる兵器とも違うことを思わせた。

背骨ごと上半身を一メートル前に移設して無理矢理延長した後部胴体とバランスを取った機体。それは二人乗りの、士魂号……騎魂号である。全身を黒く塗り、部隊番号やイグニシアなどは一切書かれていなかった。

後部胴体にはさらに外付けのジャマーポッドに大型アンテナをとりつけ、腰にはジャイアントアサルトと超硬度小剣を装備している。

神楽は瞳に地図を映しながら言った。

「歩兵による奇襲を断念。この機体で前に出て歩兵を支援しつつ、直接ゴルゴーンを叩く」

「わかった」

「戦争嫌いのそなたには、すまないと思っている」

神楽がそう言うと、一郎は後席の神楽を見上げて優しく微笑んだ。

「……戦争は嫌いだよ。でも、ありがとう。小山さんのクラスメイトを守ってくれて。末綱くんに味方してくれて」

「誰の味方をしたわけでもない。だが一人の戦士が仲間を守ろうというその心に、敬意を払ったまでだ。速度微速から実用制限速度へ。高速移動開始」

「高速移動開始」

瓦礫を、動かなくなった車を、折れた電柱を、それらを全部無視して華麗に四〇トンを越える騎魂号が走破している。

　ときに手を使い電柱を掴んでカーブを曲がり、莫大な脚力を生かしてジャンプをし、走る士魂号。

　ゴブリンたちが逃げ惑う。逃げ切れぬものは踏みつぶされた。

　神楽は揺れる後席で末網の通信からビルを正確に特定して前席に告げる。

「友軍を護れ。火蓋開け《オープンファイア》、全火器使用許可《ガンパレード》」

「ガンパレード！」

　二〇ミリ・モーターキャノンのヴヴヴヴという多砲身を回転させるモーター音が聞こえると、牛乳瓶ほどの薬莢《やっきょう》を派手に散らしながら騎魂号が射撃を開始する。

　道を埋め尽くすゴブリンが、冗談のように虐殺される。

　神楽は冷静にレーダーモードを地形表示に切り替え、ワイヤーフレームのルートを見る。

「斉射しながらビルをかすめて移動」

　秋草は良く操縦してビルをかすめるように走り抜けた。この機体、後席は操縦や武装の操作を一切行わず各種計算機と情報処理のみ行う。

　暗闇に浮かぶ無数の赤い目が、どんどんはじけ、消えていく。

　騎魂号の吹き起こした風が、小山のポンチョと髪を揺らした。

「人型戦車！」

誰ともなく叫んだ、それは歩兵の信仰告白の言葉である。戦車の装甲を見るとき、ただ強大な火力を見るとき、歩兵は戦車を神とした原始的信仰に目覚める。膝を折って祈り、あるいは勇気を奮い起こして立ち上がる姿は、鉄を崇《あが》める蛮族と少しも変わることはない。

「移動計算基地です。本部ほどじゃないけど、動けるのが自慢なんです」

　末綱はそう言った。

　小山は末綱の顔を見る。

「あの中に、秋草乗ってるの？」

「なんで知ってるんですか」

「……別に。私が降りる。優奈、支援！」

「オッケー！」

　狭いコクピットでは、会話が繰り広げられている。

「5121は同様の状況で簡単に勝利しているが、他のM《士魂号人型》装備部隊では、このパターンではほとんどが全滅している」

「あいつには……あの偽物には負けない」

「いい覚悟だ。ゴルゴーンに射撃する暇を与えず、近接できるかが勝負になる。アールハンド《抜刀》ウガンパレード《突撃》」

「アールハンドゥガンパレード！」

秋草機は超硬度小剣を抜くと、速度を全速に切り替えた。機体が前傾し、両足が地面を蹴る振動が不快を通り越して暴力的な振動に遷移する。はるか後方の爆発。敵の着弾予想よりもはるかに早く、騎魂号は砲兵ゴルゴーン一二体の前に立ちはだかった。

「敵の護衛が包囲する前に敵中突破して切り抜ける。敵を半分でも倒せれば良しとする！」

「了解！」

秋草機は速度を緩めずまっすぐ一二体の中に突入。切り結び、切り倒し、切り抜ける。切断されるというよりも、叩きつぶされ、引かれて押し切られたかのように、ゴルゴーンが原形を失いながら倒れた。

正面と、剣を持つ右方向のゴルゴーンだけが次々血祭りにあげられる。騎魂号は欲をかかず、五体撃墜でそのまままっすぐ走り去っていった。

その隙に救出は行われていた。小山は上方からの支援射撃を受けながらビルの合間を滑り落ち、盛大に弾をばらまきながら部下を引っ張り上げた。上からのロープを掴ませ、自身も銃を捨ててロープを昇った。

昇り切る。遙か遠く、走り去る騎魂号が見える。小山は目をそらした。まあ、あのバカを殴るのは今度ということにして、部下を見る。

「隊長……」

「バカ、靖子……なんで陸上部のあんたが幅跳びまちがえんのよ」

「すみません……」

 ぽろぽろ泣いて、靖子と呼ばれた少女兵と小山は抱き合って泣いた。本気の本気で大泣きした。

「障害は騎魂号が引き受けています。今のウチに撤退をしましょう」

「わかってるから。ほら、お姫様」

雰囲気の読めない末綱を両手で抱き、菊池は顔を赤らめた。お姫様にあこがれることはあっても、騎士役をやって心動くとは思ってもいなかった。

第三章

1

その日は、日差しが強くよく晴れて、夏を思わせる雲すら出ていた。桜の開花予想が大きく狂いそうな一日というやつで、小山《こやま》は屋上でぼんやり積乱雲を見ながら、積分で桜の開花を計算するんだっけと、数学教師が言っていたことを思い出していた。

積分がわかったら、少しはあのいじけ虫で勇敢《ゆうかん》な秋草一郎《あきくさいちろう》という男を理解できるだろうか。

新たにもらった一輪の薔薇《ばら》。小山はそれを指で挟《はさ》んで上機嫌で眺めている。

毎日を戦争に塗りつぶされているにもかかわらず、その顔は随分《ずいぶん》と和らいでいた。

ひょっこり顔を出し、積乱雲を見て「おー」と言い、ついで顔を曇《くも》らせる菊池《きくち》。

「死にそうな顔してる」

「そう?」

花を大切そうに持つ小山は幸せそうに微笑《ほほえ》んだ。それを見てさらに難しい顔する菊池。

「そうよ。もともと私たち戦車随伴兵《スカウト》の平均寿命は二、三週間くらいだけど、それの最後みたいな顔してるよ」

「死に慣れすぎて不感症になってるって？」

「違った？」

花を持ったまま腕組みし、小山は考える。しかしすぐ笑顔になった。恋する乙女の表情。

「違うかな。ものすごく生きていたいかなって、今は思ってる。だからこれは死への慣れじゃなく、生きる憧《あこが》れってやつよ」

「秋草か」

小山はあらぬほうを見た。頬《ほお》まで赤い。

「悪かったわね」

小山の隣《となり》に並び、腕を組む菊池が少し笑う。

「あんなののどこがいいんだか」

「確かにあんなのだけど、他人に言われるとむかつくわ」

「ごめんごめん。で、どこがいいの？　あとどこで恋に落ちてた？」

笑って尋ねる菊池。

「いつかと言われればわかんないわよ。強いて言うならあいつ、いじけ虫で頑固なのよね」

「それ、どこが良かったというポイントなの？」

「だから自分でもこう、わかんないってば」

早口になりながら小山は菊池を見る。逆襲に転じる歩兵指揮官の顔。

「そっちはどうなのよ」

「何それ」

「末綱《すえつな》だっけ。あの肌が綺麗《きれい》な」

同じく菊池があらぬほうを見る。耳まで赤い。

「……反撃のつもり？」

「ううん、逆襲《ぎゃくしゅう》のつもり」

いい笑顔の小山。菊池は黙ったあと、ダメよと言った。

「ダメって何が」

「あいつらの部隊番号」

「0101だっけ。それが？」

「この国に頭が0からはじまる部隊はないの。だからあれ、偽名《ぎめい》」

「まあ、存在自体が機密みたいな部隊だしね。だからって恋まで諦《あきら》めないでもいいと思うけど」

「思うわよ」

菊池は即座に言い返した。花を奪って匂いを嗅《か》ぐ。菊池の鼻が盛大に動いているのが面白くて小山は笑ったが、菊池は本気で、ついでにしょげていた。

「エリートの秘密部隊よ」

「でも私、花貰ったよ」

そう言って小山は花を奪い返した。大事そうに胸の前に持ってくる。

「これを貰ってる限り、彼らとの接点はある。違う？」

三秒考えて目をそらす菊池。

「あんたはいいのよ。目を隠すような根暗オタク相手だし」

「女装趣味の男が好きな奴に言われたくない」

「それが似合っていると思ったんだからしょうがないじゃない」

睨《にら》み合う小山と菊池。遠くで喧嘩《けんか》を見ていた部下が時計を見たあとで仕方なしに寄って来た。

「あの隊長。そろそろ時間です。司令部へ」

「はあい」

同時によそ行きの声でそう言い、互いを見てニヤリと笑う二人。部下はびっくりしている。

「さすがの余裕ですね」

部下の言葉に、二人は苦笑した。

「弾が飛んでこないところでは、笑顔だっていいのよ。覚えといて」

「まったくまったく」

二人はそう言うと、仲良く司令部へ歩き出した。

暑いせいなのかどうなのか、司令部の中はぴりぴりしている。小山は部屋を見渡して理由に気づいた。隊長の機嫌のせいであった。

神経質そうに女物のかわいい腕時計を見る堀立瑞希《ほりたてみずき》。

「遅刻は……していないようですね」

何か言う前に、菊池から肘鉄《ひじてつ》を食らって小山は揺れた。隣に立つ菊池は肘鉄を入れつつ敬礼するという離れ業をやっている。

「はっ。ご心配ありがとうございます」

返事の早さに、嫌味を言おうとして、言いそびれる堀立。大事そうにロザリオを持っている。

──弾のこないところでは笑顔でもいいのに──

──恋してないと潤《うるお》いが足りないんだって──

小山と菊池は以心伝心《ハンドサイン》。それを無視して、堀立は盛大なため息。気が重そう。というか、やつれていた。

「まあいいですけどね。今回特別演習を行うことになりました。人型戦車部隊を使う部隊は、すべて参加するようにという命令です」

「……え？　うちの人型戦車なんて……」

小山の反応に、堀立はやるせなさそうにうなずいた。

「言いたいことはわかります。よりにもよって人型戦車の大規模演習に、私は意味があるとは思いません」

「第一、目立ちますもんね」

菊池の愛想《あいそ》笑い。

「そもそもこの間、私たちをビルの上にあげたら故障したんじゃなかったっけ」

その言葉で堀立は小山を睨む。

「欠陥兵器でもウチの子です。悪く言わないで」

えー、という顔の小山を、菊池が人知れず蹴《け》っ飛ばす。小山は我に返った。

「は」

敬礼する二人。その姿を見たあと、堀立はうなだれた。

「とは言え、受領から実戦二回で二機の人型戦車の稼働機はすでに〇。人型戦車で参加しろと言われても……」

いろいろ言いたいが、小山は息を飲んで我慢する。実戦二回というけれど、一回はただの砲台、もう一回はエレベーターだか歩兵の移動用ロープの代わりになっただけじゃん。

表情で全部察したか、菊池が小山の足を踏んづけている。それで、口にするのはやめた。

「でも、仕方ないでしょう。命令なんだから」

小山の内心を見透かしたように堀立はそう言って、ロザリオを握った。

目を踊らせる小山。目をそらす菊池。

「命令違反は重罪です。そのとき、女性兵士や女性士官がどうなるかくらい、想像つくでしょう。命令守って死んだほうがましです」

——それでぴりぴりしてるのね
小山は納得した。確かに、成績のことしか考えてない小役人の堀立には、大変な状況だ。そのうえに貞操《ていそう》……陵辱《りょうじょく》まがいの危機感が加わればその心労は半端なものではないのだろう。

「それで、我々に話とはなんでしょうか?」

菊池が難しい顔で言った。

「徹夜で整備員が頑張っていますが、万が一人型戦車が動かせない場合、我々戦車兵は車載短機関銃をとって歩兵として従軍、お国のために〝最後まで〟戦う心意気を見せる所存です。私は当然無事では居られないでしょう、そのときには小山さん、貴方が……」

「控え目に言っても自殺ですよ。それ。歩兵はそんなに甘くない」

小山はついに口を出した。

「……わかっています」

憔悴《しょうすい》した堀立はそう言うと、うつむきロザリオを手に祈った。

呆れ顔で互いを見る小山と菊池。手の施しようがない重傷患者を見た気がした。

そのまま何かを言うこともなく、小山と菊池は司令部を出た。二人とも険しい顔をしているのは、夏を思わせる日光のためばかりでもない。

小山は髪をかきむしりながら苦い口調で言った。

「ボンクラとは思ったけど、まさかあそこまでとは」

苦笑する菊池。

「まあでも。保身と言うよりは……」

「よりは？」

菊池は微妙に微笑んだ。苦笑のような、哀れむような。

「わかるような気がする。女として」

「男より幻獣《げんじゅう》に嬲《なぶ》られたほうがいいって言うのは、倒錯《とうさく》してるわ」

小山は手厳しい。菊池は今度こそ本当に苦笑した。

「宗教上の理由で直接自殺できないから、手の込んだ自殺考えているんでしょ」

「いい迷惑」

「まあ、あんたにゃそうかもね。さて、でも困ったな。歩兵訓練をしていない戦車兵が一〇名とか増えても」

菊池は腕組し、小山は呆れ顔になった。

「的の役にも立たないわよ。そんなもん」

「だよね。悲鳴あげて味方の位置暴露《ばくろ》して終わりよね」

「うん」

はあ、と、ため息をつく二人。

「嫌なことでもあった?」

不意に聞こえたその声を聞いて、小山は発作的に顔を赤らめた。もはや条件反射の様な反応である。

声のするほうを向く。小山の思ったとおり、一郎と……ついでに深澤《ふかざわ》がのんびり歩いてくる。相変わらずの、丸腰だった。なお、小山の目は一郎しか見ていない。

「こんにちはー。太陽の下はディスプレイ見にくいデスよねえ」

深澤はそう言ったあと、眼鏡《めがね》を指で持ち上げる。返事がないのを怪訝《けげん》に思う。

小山は秋草を見つけていきなり髪を整えはじめ、菊池はと言うと、深澤が見ても面白いほどうろたえていた。

顔を赤くして左右を見て、さらに広域を調べようと首を動かしている。

「何かお探しですか?」

深澤は尋ねた。

「べ、別に。なんでも」

菊池は手をうしろに組んでモジモジしている。

「末綱くんは？」

小山がそう聞くと、菊池が小山を睨《にら》んだ。小山はそれも無視。一郎だけを見ている。

「彼は前回の出撃で全身筋肉痛。今回はバックアップだよ」

一郎は苦笑しながらそう言うと、小山はいい笑顔を向けた。

「貧弱なのね」

「身体を動かすのは任務に入っていないんだよ」

秋草は優しく言う。

ふーんと、小山は一郎の全身を見回した。

「あんたは？」

「僕は特別かな。体育は嫌いじゃなかったし」

そう言う一郎に、小山は少しムッとする。それは身分違《エリート》いを思わせて、小山の聞きたい答えではなかった。

「弱そうなくせに」口を尖らせて言う小山。

「強いのなんか嫌いだよ」

「何それ。私がいつも守ってやってんのに。ちょっとは感謝したら!?　あと私を守るのなんか絶対やめて」

守る役は自分。そうしなければ、釣り合いが取れない。小山はそう心の中で付け加える。

「怪我《けが》して欲しくない」

「別にアンタたちと絡んでなくたって死ぬときは死ぬし、怪我するときは怪我するし」

第一危険を冒《おか》して戦わなければ、一郎との繋《つな》がりが切れる。それともこいつは、それでもいいとか思ってるんだろうか。

いろいろなものを心に隠し、小山はあかんべーをした。言い返そうとする一郎。その様子を苦笑混じりに見ていた深澤は、注目、とばかりに手を挙げた。

「あー、微笑ましくていいんですが、いいですか？　時間なんで。戦車部隊の指揮官にご挨拶《あいさつ》したいんですが」

「この建物の中だけど」

「ありがとうございます」

深澤はさっさと司令部に入って行った。

小山は一郎を見たあと、彼は何しに来たの？　と尋ねた。

「今後のための第一歩にね」

一郎はそう答える。小山は顔を近づけた。

「今後って何？」

一郎は目をそらして頬を掻いた。小山は顔を近づけたまま目を細めた。

「君たちがうちに来て、それでうちの実質的隊長と名目上の隊長が決めたんだ」

「実質上の隊長ってあの小さくてかわいい……？」

「うん。神楽《かぐら》。それで今後は、必要に応じて戦力を借りる形式じゃなく、うちの下に小規模な実戦部隊を持つ形にしようかって」

「私の上司があんたになるの？」

「どちらかと言えば同僚かな。部隊が一緒になるんだから」

小山は横を見て難しい顔をする。嬉しいかどうかといえば、すごく嬉しい。だが嬉しさを見せると、一郎に負けたような気がする。だから難しい顔をする。

「嫌なら転属できるようにする」

「なんでそうなるのよ」

小山は食ってかかった。

「だって難しそうな顔してたから」

「そんなことはどうだっていいでしょ」

顔を近づけておいて、小山はそう言った。顔は真っ赤だ。

司令部では傷心の堀立が、深澤……というよりその階級章を見て驚きのあまり席を立とうとしていた。

一方、階級なんてただの飾りですよ。偉い人にはわからんのです、が口癖《くちぐせ》の深澤にはなんの気負いもない。

　この日もいつもどおりの彼である。中肉小柄、背は高くないが痩せてはおらず、といって赤澤のように太っているわけでもなく、いつものように丸い眼鏡をかけていた。

「あ、そのままで結構です。階級は飾りですので、気にしないでください」

「あ、あの、あにようでありましょうか」

　逆に堀立は慌てるどころの騒ぎではない。叱責《しっせき》、責任追及、恫喝《どうかつ》、そして貞操への危機からろれつすら回っていない。

「敬礼もいいですから」

　深澤はそう淡々と言ったあと、ホント三次元は面倒臭いよなあと、心の中でつぶやいた。はやく源《げん》さんだかお姫さまのところに戻りたい。

「戦車の稼働数が落ち込んでいるということで、来ました」

「ひぃっ」

「ひぃ？」

　深澤は眼鏡を持ち上げた。堀立のその反応は深澤の予想外だった。

　その深澤の怪訝な表情に、堀立はますます慌てる。

「が、頑張ります。全力を尽くします！　だからあの……」

　深澤は腕を組んで目を細める。いたって真面目に、なんかエロゲーみたいな応対する人だなと考えている。不意に閃《ひらめ》いた。……あ、逆か。こう言う人を見てエロゲーの開発スタッフが妄想力を高めたのか。なるほどなるほど。などとうなずき、深澤は納得の笑みを浮かべた。堀立にはそれが、悪魔の笑いに見えた。

「せめて部下は……ひどいことは……」

「最近は三次元も良くできてますね」

堀立の目が点になる。深澤は我に返り、ワザとらしい咳払いをしてご無礼と言った。

「あー。話が進まないのでいろいろすっとばして結論から言うとですね。僕はお姫さまから予想と計算を受けて、派遣されて来た整備士です。整備士はわかりますか」

こくこくうなずく青ざめた堀立。どうやら一命と貞操は取り留めたらしいと、安堵《あんど》のあまり椅子《いす》に座っているのに、さらに座り込みそうな顔になった。

「貴方《あなた》は……」

「深澤です。出撃まであまり時間ありません。早速ですが、M型を見せていただけませんか」

M型とは士魂号《しこんごう》（人型）の正式略称である。九八年度の制式採用戦車には人型の士魂号M型と、まだしも常識的な装輪戦車である士魂号L型があり、のちの歴史ではその活躍ぶりからL型より遙かに生産数が少ないにも関わらず、士魂号と言えばM型のことを指すようになった。

が、戦争真っ只中のこのときは、戦車兵や整備兵にとって士魂号と言えばL型のことを言った。一方歩兵科に所属する者は戦車は戦車、人型戦車は人型戦車と見たままに言って形式などは気にしていなかったようである。同じ軍人でも関わりの深さによって呼び方が変わっていた。

部下に支えられて立ち上がり、ひょこひょこ歩く堀立と、何も考えて居なさそうな深澤は整備工場にたどり着く。二機の士魂号M型は、うつ伏せに寝て、その身を休めていた。

間抜けなポーズに見えるが、士魂号M型のコクピットハッチは本体の背中側にしかなく、吊《つ》り下げる以外ではこのポーズが正式な駐機スタイルである。

「稼動時間四時間ほどで、稼動機は○になってしまいました……」

「まあ、そうでしょうね」

深澤はそう言いながら、機体の周辺を巡りながらを検分する。堀立はそうでしょうねという言葉に救われた気になっていた。ひどい目に遭わないで済むかも知れない。

「んー、この娘はずばり足回りですね。右脚の人工筋肉が断裂しているようです」

深澤は装甲を取り外しもせず、コクピットから自己管理画面も呼び出さずにそう断定した。

「そ、そうなんですか？」

「ええまあ。よくあるんですよね。利き足で踏ん張りすぎて、壊れるのが」

深澤が脚を踏み鳴らし、バランスをとって見せると、堀立は飛び上がった。

なぜか怯《おび》えている堀立を見て、深澤は二秒考えたあと、無視して言葉を続けた。無視しないと、話が進まないと思ったのである。

「整備班に故障がわからないのは当然ですよ。この娘は普通と大分規格違いますからね。故障しても異音とかしませんし」

「あの、どうしましょう」

「ハンガーに文字どおり吊り下げて、足の人工筋肉を交換しましょう」

「は、はい。ただいま」

慌てる堀立。

何やってるの、急いで吊り下げて、急げ！　と指示するのを見て、深澤はため息をついた。

「外は苦手なのに、ごめんね」

秋草が追いついてきて、そう言った。

その言葉に、深澤は心外そうに顔をしかめた。

「僕ぁ、外が苦手なわけじゃないですよ。整備学校でしたし、動物とか大好きですし、苦手なのは気合の入ってないヤンキー以外の人間ですよ。あれがいなけりゃ僕、外でも全然いいです。ディスプレイは反射型液晶使えばいいだけですし」

「じゃあ、ええと、普通の人が多いところに連れて来てゴメンね」

秋草は苦笑して謝《あやま》ったが、深澤は面白くなさそうに口を開いた。

「いいんじゃないですか。人は計算のみで生きるにあらずですよ。一流の計算屋たるものハードウエアもやらないと。それよりいいんですか？」

「何が?」

「いや、さっきの小山さんでしたっけ。仲良さそうに見えたんで。ほっといていいのかなあと」

「友達なんだ」

「まあ、友達にもいろいろありそうですね。僕の友達はグリンガムと計算機で十分ですよ」

学校前の警備のシェパードがそんな名前だった気がする。苦笑する秋草。人型の士魂号を見て神妙な顔になり、話題を変える。

「やっぱり、僕たちのところにある電子戦機と同じで、整備が大変そうだね」

「整備と言うより、操作が大変なんですよ。こいつは。それで故障しています」

女子高生たちがクレーンを操作している。戦車のエンジン交換用クレーンを流用したと思われるそれと、普通の戦車が引くワイヤー、それと滑車で人型戦車がゆっくり立ち上がり、引き上げられる。

一郎は口を開いた。

「操作ってどんな?　自分で操縦しておいてなんだけど、難しいとは思わなかった。基本は考えるだけだし」

「操縦者が痛みを感じないんです」

「痛み?」

「んー。どう言えばいいんだろ。秋草さんだって、じっと立っているとつらくて重心変えますよね。多分、一時間だってじっとしていられないと思います」

「うん。そうだね」

「人のスケールアップモデルであるこいつも同じなんです。大きくて重い分、もっとダメですね。三分持ちません」

一郎は簡単な構造計算を思い出した。背が二乗になると重量は三乗になる。その分関節には無理がかかる。

「なるほど」

「だからこまめに姿勢変換を噛《か》ませないといけないんですけど、パイロットは自分の身体と違って痛覚ないので、つい無理させちゃいますね。五分そのままにしておくとか」

「なるほど」

深澤は思慮深そうに士魂号の装甲に触れ、微笑んだ。この機体のシリアル番号には覚えがある。整備学校で教材として納入されたものが、流れ流れてここに来ていたわけだ。

「本当は自動で人工筋肉の負荷を測りながら負荷が均一になるように常時姿勢や重心が自動変換されるようになればいいんですけどね」

「センサーは全身に入っているよね。ソフト側でやれそうだけど、どうしてやらないの?」

「入れるのは確かに簡単ですけど、パイロットが酔うんですよね。てきめんに」

「ああ、勝手に揺れるなら、そうだろうね。うーん」

　気合の入ったヤンキーならいけるんだろうけどと深澤は思ったが、思っただけで口にはしなかった。早いところ戻りたい。とりあえずはまあ、お姫様のところに。いつかはもっと違うところに。

「と言うことで、まだまだこいつは未完成品ですよ。まともに実戦化できるのは一〇年後かな」

「その頃までに、戦争終わってるといいな」

「そうですね」

　深澤はそう言ったあと、安全ヘルメットをかぶった。

　深澤は立ち上がった機体を見上げ、続いて下側から装甲の取り外しを指示した。熱心にメモを取る女生徒たちに苦笑し、そんなに難しくはないですからと励ました。

　特殊工具で装甲を留める金具を外し、フォークリフトでラックから持ち上げるようにして外す。脛《すね》の部分の装甲材だけで二トン近くになる。慎重《しんちょう》にやらなければ装甲が落ちて人死にが出そうだった。

　それでも急いでやらせようという掘立を一喝《いっかつ》し、間に合わせますからと言って深澤は慎重に装甲を取り外させた。

立ち上がる前に装甲を外せば良さそうなものだが、足の人工筋肉が破損している場合、骨だけで立たせようとすると骨折すると、深澤は女生徒たちに教えた。装甲はギブスのようなものですといい、身体を支える助けとして使ってくださいと言った。

装甲を取り外したら、人工筋肉のチューブを取り外していく。こちらは装甲ほど重くはなく、苦労も少なかった。骨であるフレームの歪《ゆが》みを機器で測定し、壊れていないことを喜んだ。新しい人工筋肉チューブを八〇本取り付け、栄養、酸素チューブをそれぞれ取り付け、人工神経を接続。鉄製の足場を降り、今度は背中側の操縦席から垂らされたロープを登って、コクピットに乗り込んだ。モニターを監視しながら人工筋肉の接続状態を確認。大丈夫ですと声を出した。声を良く聞き取ろうと堀立がコクピットに顔を突っ込み、深澤を慌てさせた。顔が近い上に長い黒髪が落ちて計器と手の上にかぶさって来ていた。このとき、日は変わって深夜二時。

「あと四時間……」

慌てる深澤を見て少し心の平静を取り戻した堀立は、コクピットから顔を上げ、ロザリオを手に祈った。

遅れて顔を出し、大丈夫、間に合いますよと言う深澤。堀立をコクピットに座らせ、クレーンを扱い、ゆっくり人型戦車を地面に立たせた。

「こまめな姿勢変換、こまめな姿勢変換」

　堀立はつぶやきながら機体を操る。ゆっくりとしゃがませ、ついでうつ伏せに機体を倒す。シートベルトに引っ張られるように感じられたらうまくいったと言える。操縦席の中から言えば、背もたれの部分が天にあたる。計器類に身体をぶつけないようにシートベルトを外し、両手を伸ばして落ちないようにした。脚を専用の踏み台につけ、どうにかコクピットから這《は》い出す。

「寝せてしまえば装甲の再取り付けは二時間でできますよ」

　深澤は操縦席の外で手を伸ばしながら言った。堀立は手を借りて操縦席を出たあと、スカートの裾《すそ》が乱れていることに気づいて必死に直した。言葉がなかった。少なくとも敵と戦って死ぬことができそうだと考えた。涙が出た。

　刻《とき》は少し戻る。整備場からの灯りを頼りに、小山は一郎と歩いていた。

「今日は水溜り踏んだりしないからね」

「なんのこと？」

「なんでもない」

　身を起こし、横を向いて言う。小山。露天整備場では煌々《こうこう》と灯りが輝いている。

「ずっと灯火管制だったから、夜明るいのは久しぶり」

　髪を揺らして歩きながら小山はちょっとはしゃいで言った。一郎は微笑んだ。

「そうか。僕たち計算屋は仕事上灯りを使うから、そういう意識がなかった」

「どうせ私たちはエリートの秘密部隊じゃありませんよ」

「そんなこと言ってないだろ。……にしても、明るいね」

本が読めるほどではないけれど、それにしたって明るくはある。一郎と小山は並んで整備場を見た。一郎はやることがないので散歩などしている。小山はそれに付き合っているという図式だった。菊池は不貞寝《ふてね》をしていた。

「そう言えば、5121ってところを視察したら整備テント立ててた。夜に整備するならいいかもね」

小山はそう言って、一郎の顔が強張《こわば》るのを見損ねた。ただ、急に足が止まったので、それで不審に思った。

「なんか私、悪いこと言った？」

「いや」

「私と歩くの嫌？　私が背高くて筋肉ついてるから？」

下を見ていた一郎は顔をあげて小山を見た。なんでそうなるんだよと一蹴《いっしゅう》しようとしたが、小山は思ったより、ずっと悲しそうな顔をしていた。それで、言うことを変えた。

「そんなことないし、僕のほうが背が高い。一センチか二センチだけど」

「髪が黒くて野暮《やぼ》ったい？」

「それもないかな」

涙が見えたような気がして一郎は目をそらす。その間に、小山は顔を近づけた。

「じゃあ何よ？」

「別に、関係ない」

「関係あるよ」

「何が、どんな風に」

さらに顔が近づくので、一郎は目を背けながらそう言った。

キス、された。

一郎は目だけを上に向けた。顔を真っ赤にして、キスしたほうの小山は派手にうしろに飛んで離れた。

「間違った」

「いや、間違えてはなかったと思うけど」

正しく唇《くちびる》にはくっついたよと言いかけて、一郎も顔を赤くした。何がどうしてこうなった。

「そ、そういうことするつもりじゃなかった……！」

離れた距離で、小山は両手をばたばたと振った。

「そうなの？」

「暗いのが悪いの。私、そんな奴じゃないから。寝るね、お休み！」

勇気だか度胸だかは、長続きしなかったらしい。全力で走って逃げる小山を一郎は目で追った。5121のことも脳裏からトンでしまった。

小山のことを考える。唇には指を当てて、感触はだいぶ違うなと考えた。それより重要なことは、これが事故だったのか、それ以外かということだ。

顔を赤らめ、一郎はちょっと腹を立てる。人の初めて奪っといて、そういうことをするつもりじゃなかったはないだろ。

翌日の朝。

のんびりと、だがあまり揺れることもなく窓の外の流れて行く風景を無視して、小山は息を止めていた。ウォードレスを着ているせいではない。横に秋草一郎が居るせいだった。昨日あいうことがあったせいで、顔を上げられない。顔を見ることが、怖い。

「路面電車で戦力輸送か。いよいよこの戦争も、ダメかもね」

菊池は銃を磨きながら窓の外を見て言った。車体の左右についたベンチシートには学兵が並んでいる。立っている乗客も全員学兵で、車内は華やかなのか物々しいのかよくわからない雰囲気ではあった。

「そ、そうかな」

小山は両手で顔を隠して言った。翌日顔を合わせるとわかっていたのに、なんであんなこと

をしたと思ったが、あのときはそう、頭がぼうっとして何も考えていなかったことを思い出した。

「そうよ」

決めつけておいて菊池は小山を見て、それから一郎を見る。一郎も同じくあらぬほうを向いている。

「何かあった？」

「べ、別に何も、あ、よか天気ね」

小山は急に早口になりながら外を見た。菊池は再び一郎を見る。一郎は盛大に顔を背けていた。

「何かあったわね」

「なんもなか」

「えー」

「ほんとにほんと、なんにもなかった。ね!?」

小山は顔を赤くしながら一郎を見る。

一郎は外を見たまま「なんにもなかったというなら、なんにもなかったんじゃないかな」と言った。

小山はその言葉で、しょげた。しょげたあとで、不意に顔をあげた。一郎の腕を取って菊池を見る。

「ごめん、やっぱりなんかあった」

「ああうん。それは見ればわかるから」

菊池はからかう気力を無くして肩を落とした。恋に落ちるところを見たいとか言っておきながら、実際見るとかわいいんだけどすぐにお腹いっぱいという気分になったのである。いやもう、見ているこちらまで恥ずかしい。一郎を見ると、小山に腕を摑《つか》まれた一郎は恥ずかしそうながら、まんざらでもなさそうな顔をしている。

はいはい。ご馳走様《ちそうさま》でしたと、そこから目をそらす菊池。ベンチでは深澤が腕を組んで寝ていた。身体が傾くのを、堀立が引っ張って自分のほうに傾くように誘導した。

趣味悪くない？　言いかけて、菊池はあわてて上を見た。それを言うのも趣味が悪い気がした。

何にせよこの菊池優奈さんもエリート秘密部隊の一員か。路面電車に揺られ続ける。美千代がああなら、私も末綱のお姫様とくっつく、いや、騎士として彼を守ることができるかもしれない。

手の感触が残っている。菊池は手を握ったり開いたりしたあと、一郎の視線に気づいて話題を変えた。

「そう言えば昨日、そこの人は徹夜で整備してたんでしょ」

菊池は小声で言った。

「深澤くんのこと？　そうだね」

一郎がうなずいた。

「人型戦車ばっかりたくさん集めて。なんで、あんな欠陥兵器使うの？」

「そうだけどね……そうだな。可能性があるから、かな」

「可能性？」

「戦争が不利に傾き過ぎると、普通じゃ勝てなくなる」

「そうね」

菊池と話す一郎に、小山は一ミリ単位で近づいていっている。顔を赤らめ、頭をくっつけてみた。一郎は気付かないようだ。

「勝てないから、変な手でも勝てそうなものに飛びつく」

「レーザー誘導爆弾とか？」

「そうだね。人型戦車も、そういう、その変な手が具現化したもの、かな」

「大丈夫なの？」

「報告書を信じるならね」

どこの報告書と菊池は尋ねかけて、黙った。

一郎は厳しい表情で、目を窓の外に走らせている。普段周囲に見せない、明確な敵意と殺意を表情に浮かべて車窓の外を指さした。

「ほら。信じられない報告書を書いてきた部隊が、走って来る」

５１２１小隊はこの日、輸送車両なしで人型戦車を輸送している。

走行距離は二〇キロ。しかし、５１２１以外の全部隊はこの距離ですら輸送車両を使っている。そうしなければ、人型戦車は故障してしまうのである。

夜襲のときの人型戦車が、アヒルよろしくよたよた歩きしていたことを鮮明に覚えている小山から見ると、まるで別人（？）のように力強く士魂号M型が走っている。巨大な太腿《ふともも》に、てるてる坊主を書き込んだ単座機が長い九二ミリ・ライフルを担いでいる。

悠々と小山らが乗る路面電車を追い越して行った。

５１２１の装備機体は全機光学カメラなどは装備しておらず、その顔はのっぺらぼうである。いずれも頭部にはレーダーを装備しており、薄いレドームカバーが頭の形を作っていた。

「輸送車両もなしか」

一郎はつぶやいた。いつの間にか深澤が起きて窓の外を真剣そうに見ている。

「すごい……足回りにあんなに問題ある娘なのに……」

一郎と深澤は腕に埋め込まれた多目的結晶を見る。通信が入った。

（秋草。見たか）

神楽だった。本人はコンピュータルーム内で、右手と左手で別のキーボードを操っている。

（見ました）

（深澤は？）

（バッチリです）

神楽は集合モニターを見ながら地図上でこの出来事を見ていた。深澤がリアルタイムに報告をあげている。

「深澤。5121が輸送車両で輸送しなかったのはなぜだ」

深澤は隣の堀立があわてて距離を取ったことに気づかない。

（足回りに自信があるのと、輸送車の化石燃料不足でしょうね。あの部隊は指揮車以外に通常の車両がありません。燃料事情は他の部隊より悪いと思います）

（ふむ。足廻りに自信があるのはなぜだ。こちらから見ると、実用制限速度どころかカタログスペックすら超えている）

（上半身が妙に揺れていました。プログラムをいじってますね）

（我々にできるか）

（船酔い車酔いに強ければ）

（秋草）

（僕は大丈夫だよ。神楽）

（よし、すぐ試作を。５１２１に負けるわけにはいかない）

（実は用意してます。インストールキーは、金城《きんじよう》のアネゴが世界一です）

深澤はよどみなくそう答えて微笑んだ。

（見事だ）

キーボードを叩きながら、神楽が微笑んだ。

「……なに二人でにやけているのよ」

小山は面白くなさそうに上目遣いで一郎に言った。深澤はまだにやけている。

一郎はどう説明したものかと、頰《ほお》を搔《か》いた。

2

５１２１小隊の装備機に光学カメラはないが、肉眼で外部視察をすることはできる。人型でもさすが戦車と言うべきか、士魂号には胸部に視察スリットやクラッペがあり、原始的ながら実用的に、外を覗くことができた。

鼻に絆創膏《ばんそうこう》を貼り笑う元気少年、滝川陽平《たきがわようへい》は、クラッペを覗《のぞ》いた。電車の中の人々がびっくりしているのが見える。

彼が、太腿にてるてる坊主を描いた機体のパイロットである。

上機嫌に無線機に声をかける。

「へへ、見ろよ。ハトポッポに至近弾みたいな顔してやがらあ」

『それを言うなら、鳩《はと》に豆鉄砲です』

無線から冷たい返事が返ってきた。滝川は機体を操作しながら、口の先を尖らせた。

「わかってるよ。それぐらい。でも、直撃だと可哀想《かわいそう》だろ!?」

『慣用句に可哀想も何もありません。芝村《しばむら》さんみたいなことを言わないでください』

あくまで冷たいお返事。

「へいへい。あ、こっち、配置についたよ」

『了解です。バックアップお願いします』

「お願いされました」

突然立ち止まり、九二ミリ・ライフルを両手で持って立つ、てるてる坊主の人型戦車、士魂号軽装型。肩部が簾《れん》型《けい》装甲に変わっているこの機体は、装甲が薄い。

滝川はレーダーを回さず、肉眼で周囲を視察する。

その横を士魂号重装型〈東洋型〉と呼ばれる東洋の鎧《よろい》を着たような士魂号が走って行く。装甲を大量に装備するために動きが遅い。

その腰にはバーが現地部隊によって溶接されており、そこには左右に二人ずつ、四人の戦車随伴兵が捕まって移動していた。その中に宮石《みやいし》がおり、彼は電車の中にいた小山と菊池に気づいて微笑み、敬礼して運ばれていった。

『一番機。壬生屋《みぶや》。速水《はやみ》機、滝川機のバックアップのもと、前衛に出ました』

そう言ったのは、豊かな黒髪の大和撫子《やまとなでしこ》である壬生屋未央《みお》だ。先程滝川に冷たい言葉を浴びせていた人物である。この人物は堅物で、軽口の他、自分の定規に合わないものはなんでも嫌った。

『ＯＫお嬢さん。こちら指揮車。そのまま前進。行軍中の訓練だからって気を抜くなよ。敵は浸透していないとも限らない』

『わかっています』

壬生屋機は抜刀……のつもりで、腰にさす大小の柄頭を二度叩いた。

本日は特別演習である。戦時下ゆえに実弾は装備しているものの、実戦とは異なり戦闘行為は禁止されている。実弾を入れた武器を構えることもまた、同じく禁止されていた。

『演習なんてのんびりやっている余裕などあるのでしょうか』

壬生屋はそう言いながら、スリットから周囲を警戒し、路面電車や輸送車両群を守るように屹立《きつりつ》している。

『肉眼では問題ありません』

『こちら三番機速水、芝村ペアです。位置についています。レーダー観測の許可をください』

『速いな。こちら指揮車。許可する。捜索レーダーは交戦規則外だ。遠慮せず使っていいぞ』

『はい。だって、芝村』

『聞こえている』

壬生屋機と滝川機から離れること五キロ以上。複座の士魂号はジャンプすると、ビルの屋上に立っていた。首を動かし、近距離なら鳥をも落とす強力なレーダーを動作させる。一二〇度捜索。

『移動体八九〇〇を把握した。現在フィルタリング中。フィルタリングできた。敵性なし。中立四五〇〇。民間人。他は友軍。事前の配置情報から外れている部隊はない』

『こちら指揮車。了解した、三番機。今のレーダー波は敵に感知されたという設定だ。即座にその場を離れて一番、二番機に合流してくれ』

『了解した。速水』

『うん』

速水は嬉しそう。後席に座る舞を見上げて、顔を赤らめた。

今回の演習のために作られた前線指揮所は、指揮車の集合場所のようになっていた。

二五ミリ機関砲と巨大な防弾タイヤの間で、リボンをつけた小さな女の子がかくれんぼしている。

５１２１の指揮官、善行《ぜんぎょう》忠孝《ただたか》は小さな女の子には気づきもせず眼鏡を指で上げて、やれやれと思った。よく鍛《きた》えた身体で背は高く、頭は角刈りと無造作の中間であり、眼鏡は真ん丸。やれやれと思っている姿はくたびれた中間管理職を思わせたが、実のところこの人物、敗戦街道ひた走る熊本戦線において、最高の戦果を上げ続ける戦車指揮官だった。

隣《となり》では指揮車でオペレーターを行う垂れ目の伊達男《だておとこ》、瀬戸口《せとぐち》が小さな女の子を探している。こちら趣味の、リボンをつけた小さな女の子は部隊の養い子だった。

善行は難しい顔をする。瀬戸口は片方の眉《まゆ》をあげる。

「何か気にくわないのか」

「この訓練。幻獣にとってはチャンス以外の何物でもありません」

善行の言葉に、肩をすくめる瀬戸口。

「良くない感じだな」

「そうなんですが、上官も同僚もわかってくれません」

「日頃の行いが悪すぎるんじゃないか」

「それはまあそれとして」

善行の心にはなんでも上げることができる広大な棚がある。このときも自分の行いを棚に上げて、どうしたものかと考えた。

「このままだとかなりの確率で奇襲される気がします」

「他の部隊も間抜けじゃない。奇襲対策として警戒くらいはやるんじゃないか」

「自分たちだけなら。ただ人間という物は、集団になると途端に間抜けになるものでして」

「誰かがやってくれると？」

「まさに」

瀬戸口は鼻で笑う。

「ところがその誰かが嫌われ者で言うことを聞いてくれないと」

「そういう見方もできますね」

善行はそう言って、苦笑した。

見れば隠れんぼに飽きたのか、リボンをつけた小さな子がいつのまにか笑顔で姿を見せていた。背伸びしたり元に戻ったりしながら善行を見ており、善行はそれを見て笑顔になった。

「ののみさん。どうかしましたか？」

ののみと言われた小さな女の子は、花が咲いたように笑みを浮かべた。名前を呼ばれるのが嬉しかったか、いいこと教えてあげるという風に口を開いた。

「んーとね、えっとね。まいちゃんがいってたの。たにんははたけのかぼちゃなの。じぶんのおうさまはじぶんなのよ」

「ふむ。まあ、それはそうですね」

要約されすぎてよくわからないが、他人は気にするなということかと、善行は理解した。

「おもうだけならじゆーなのよ」

「そうですね」

善行は嬉しそうなのみをなでながら考えた。思うのは自由で、自分の王様は自分か。

要するにやりたい放題だ。善行は心から笑顔になった。

芝村さんは、この子に滅茶苦茶《めちゃくちゃ》なことを教えている。

まあでも、それもいい。あるいはそれがいい。

善行は余裕の笑顔を浮かべた。芝村さんが小さい子供にものを教えるのはいいことかも知れない。小さい子に教えるならこれくらい天真爛漫《てんしんらんまん》でなければいけません。

善行は瀬戸口を見る。

「ということで私はカボチャ畑を無視することにしました」

冗談めかしていたが、目は、笑っていない。

「……まあ、いいんじゃないか」

瀬戸口は肩をすくめる。まあ、性格はともかくうちの隊長、優秀なのは間違いない。

善行は下手《へた》なダンスを踊りながら、心の奥底から自分の考えを全肯定した。小さな子に言われたんじゃしょうがないですねと笑顔で悪いことを考えている。

——思うのは自由、判断するのは自分。なるほど、なるほど——

踊りながら指揮車の上部ハッチからもぐり込み、ずれた眼鏡を戻しながら無線を手にとった。

「こちら、指揮車です。宮石君」

『は、宮石であります』

通信を受けた宮石は大木《おおき》や来須《くるす》、若宮《わかみや》という他の戦車随伴兵と共に壬生屋機の前方に展開をしていた。鳩が並んで飛んでおり、宮石は早めの昼飯で食べたパンくずを投げては、空中で鳩に拾わせていた。

「突然ですが、君は攻撃をうけました」

『はっ。攻撃を受けております』

宮石はパンくずを全部投げた。通信に集中する。

「僕はその報告を受けて独自に防戦指揮を行いました」

「はっ」

「ここまでに違法性はありますか」

『ありません。戦場で誤認はよくある話であります』

ヘッドセットをずらしながら、善行は微笑む。

「戦場の誤認と言えば不祥事《ふしょうじ》ばかりだ」

『何事にも例外はあります。忠孝様』

「ですよね」

善行は無線のスイッチをちょっとひねった。

「滝川機。前へ。壬生屋機と並列。速水・芝村ペア。滝川機と合流を開始」

滝川は休憩中《きゅうけいちゅう》で倒していた操縦席から身を起こして無線に触れた。

『え。まだ味方の集合まで時間があると思いますけど!?』

「訓練ではなく、実戦です。敵が我々の訓練終了を待ってくれるほど親切だと思いますか」

『力一杯敵は不親切だと思います。敵ですから』

「ですよね」

通信を聞いて通信に割り込む壬生屋。こちらは鼻息一つ。あきれている。

『本気ですか。委員長。今のところ敵に動きはないように思えます』

「本気です」

『わかりました。刀の錆《さび》にしてやります』

「僕をですか。それとも敵ですか」

『とりあえずは、敵です』

「ありがとうありがとう。そう言ってくれると思いました。速水、芝村機、捜索状況を知らせよ」

『こちら速水・芝村機。レンジぎりぎりだが、敵が動き出している兆候が確かにある。壬生屋の刀の錆にはならないでいい』

ポニーテールの少女、芝村舞は静かにキーボードを叩きながら言った。

「まあ、そうでしょうね。戦力集めて攻めるつもりがその前に攻められていると」

『判断は？』

「攻めるつもりが攻められる。と思ったらやはり攻めていた。でいきます」

『上の判断は？』

「さあ。戦いがはじまったら常識的に考えてくれると思いますよ」

『了解した』

こういうときは、芝村さんは話がはやくていいと、善行は思った。まあ思うのは自由だ。今はこう考えよう。僕は自由だ。

「まあ、芝村チックなのは認めます」

『我らはこう言う。勝てばいいのだと』

「なるほど。そのへんは東原《ひがしはら》さんに教えないでくださいね」

そこまで話をして善行はにやりと笑った。指揮車の上部ハッチから顔を出した。理想の司令官のごとく。

「事実を変えるために考え方を変えましょう」

そして某然とする部下たちに言った。

「では皆さん。戦争です。指揮車前へ。一番、二番、三番機。相対位置を縮めながら戦車前進」

3

訓練中ということで、封鎖された道路上の路面電車の線路の真ん中に座り込み、昼飯を食べる。険しい顔をしたままの一郎を心配し、小山が両手でその頬を引っ張った。根負けしたように一郎が笑い小山の頭をなでる。

「そんなに変な顔してた？」

頬を引っ張られているほうがよほど変な顔だったが、小山は横を向いて口を開いた。

「まあ、うん。なんとなく」

「なんとなく？」

「そんな表情で死んで欲しくないかも」

「そうだね。何もかも終わらせて安らかに死にたい」

「そもそも死なないで。私が守るから」

「変な顔で死ぬなとか言いだしたのはそっちじゃないか」

「そうだけど！」

全身で勢いよく言う小山を見て、一郎は何か言いたそうにした。だが、結局は何も言わなかった。小山はその顔を睨んだあと、横を向き、またちらりと見る。

「文句があるなら聞くわよ。ちょっとだけど」

「なんでキスしたの？」

「それを言うなら……なんで避《よ》けなかったの？」

二人とも黙った。互いが違いを見て、何で別れがたく惹《ひ》かれあうのか、わからないでいる。


人間ではとても出せないような、巨大な呼吸音が聞こえた。

小山が驚いて振り向くと、滝川機と壬生屋機が動き出している。

秋草は目を細めて多目的結晶から通信する。

（５１２１が前進をはじめた）

同じく眼鏡を取りつつ、通信する深澤。

（はじめていますね。集合まで時間がありそうですが。プリンセス。判断を）

機体の中で、神楽は難しい顔をしている。

「命令違反だな」

深澤は変な顔。

（……なんでまた）

（それは今赤澤が計算している。一般的な傾向としてあいつらはときどき計算不能な動きをする）

（理性を剣とする我々には気に食わない話ですね）

（まったくだ）

（どうしましょう）

神楽はキーボードを叩きながら元気良く足を揺らしたあと、何かを決めて口を開いた。

「対応準備だけしておけ。５１２１の指揮官は、責任問題を巧みにかわす程度の知恵はある」

ひどい言われようだったが、そうとは知らずに指揮車の中の善行は、心の底からいい笑顔をしていた。

――そう、思うだけなら自由なんですよ――

「管制開始。二番、三番、対空砲戦用意。砲戦開始」

滝川はレーダーを回しはじめた。頭部から回転音が聞こえて来る。

『見えてないけど敵は空ってか』

追いついてきた速水・芝村機が滝川機の背に近づく。

『簡単な推理だろう。奇襲を仕掛けるなら速度がいる。敵のタイプ、第一陣は飛行タイプだ』

「そちらのレーダーは強力です。見えませんか」

『見えるな。時速二七〇キロで移動中。善行の予想どおりヒトウバンと断定』

そこまで言って舞は速水をちらりと見た。速水はすでに機体を操りながらうなずいている。

舞は言葉を続けた。

『滝川機とデータリンクを開始する。こちらのレーダーからのデータで射撃しろ。壬生屋機は随伴歩兵とともに直衛を』

『わかっています』

壬生屋の怒りっぽい声を合図に、速水・芝村機が滝川機の背中部に手を置いた。手の先にはケーブル。それが滝川機の背中のコネクタに接続される。

『あいよ。モニター見ながら引き鉄を引くだけの簡単な仕事ってね』

流れるように滝川機の九二ミリQF砲の弾倉が交換され、砲が仰角三〇度を指向する。速水・芝村機である複座型は筒先をずらした。二七度。

「試射開始」

舞の声にはじかれるように滝川機が一発撃った。続いて速水・芝村機が一発撃つ。

待つこと五秒。

「着弾した。遠方に行きすぎている。敵が速度を上げた。二射目開始。左に四度、滝川機、仰角二三度、速水、一八度」

『わかってますよって』

「二射目。撃て」

待つこと二秒。舞はデータを見る。

「有効射出た。以降自動射撃に委任せよ。全力射撃開始」

『あいよっと』

滝川は機体と自分を揺らしながら引き鉄を引いた。軽砲とされる九二ミリ砲だが、人型戦車が立って撃つと、結構な反動が来る。その反動は足が踏ん張って支えるのではなく、おっとっとと、揺れながらいなした。

揺れながらどんどん砲をぶっ放す滝川機。敵が見えない距離で戦っているので、一人芝居のようにも見える。

「弾倉交換後、目視戦闘に移行する。滝川機二〇ミリに」

『あいよ』

舞は前席を見た。

「速水」

「データリンク切断。続いて二〇ミリ二本に交換します」

「そうだ」

舞は亭主面でうなずいた。男だが妻である速水は亭主を見上げて口を開いた。

「戦闘はいやだね」

「好きな奴もおるまい」

難しい顔というより、真面目くさった顔で舞はそう言った。

「委員長はどうかな」

速水は武装交換にともなう射撃制御プログラムを呼び出しながら、そう尋ねた。レーダーモードを切り替えながら、口を開く舞。

「ふりはともかく、奴が一番戦争を嫌っている気がする」

「委員長のこと詳しいんだね」と速水が落ち込んだ声で言った。

「なぜ落ち込む」

「お、落ち込んでないよ。敵！」

「わかっている。回避専念しろ。射撃は私が行う」

すでに滝川機は弾幕を張っている。二〇ミリ対空砲弾は小弾子をばらまきつつ、爆発。雲のように群がるヒトウバンがどんどん吹き飛んだ。

ヒトウバンは人の顔を浮殻科の幻獣にはりつけた悪趣味な幻獣である。今し方手に入れたのか、まだ手足がついている学兵の死体を食いちぎり、残った首が膨らんでは新しい個体に変化した。それが、時速二七〇キロで飛んで来る。

段幕の隙間を抜けたヒトウバンを速水・芝村機が撃ちはじめる。左右の手に持った二〇ミリ機関砲は薬莢《やっきょう》を派手にばらまきつつ、戦果を跳ね上げた。

速水・芝村機は緩やかに後退しながら射撃を継続するが、弾切れ。敵のわずかな生き残りが迫る――横から現れた壬生屋機がこれを刻んだ。超硬度小太刀の技だった。

若宮、来須も突撃銃でこれを支援している。

「せめて成仏してください」

壬生屋は小太刀でさらに二匹のヒトウバンを落としながら、幻に消えることのない人間の遺体に向けてそう言った。

舞は善行に連絡をとる。速水はその隙に弾倉交換開始。

「第一波、撃滅に成功した」

『良くできました』

善行は、別段に嬉しくもなさそうにそう言った。

この指揮官はいつでも、戦ったあとは気分が落ち込む。

舞は、そういう善行を無視した。冷たいわけではないが、彼女は助けを求められない限り動くことのない家の出だ。

「遊軍で、転がっている遺体回収をしてやりたいが」

『できる状況ですか？』

善行が聞き返した。この人物、前の職場である海兵隊でも嫌われて、飛ばされに飛ばされて人型戦車部隊の指揮官になったものの、元は自らライフルマンも努めた歩兵指揮官である。遺体回収の重要性は良くわかっていた。

レーダーを見ながら、舞が口を開く。

「わからない。敵は動いているが、どう出るかはわからない。奇襲失敗に気づいて撤退するかも知れないし、強襲《きょうしゅう》に切り替えるかもしれない。確率は五分五分だ」

『なるほど。では遺体回収については、こちらから本部に連絡はしておきます。スカウトに頼んで遺体袋《ボディバッグ》に入れるまではしてあげてください』

「了解した」

舞は足下の脱出ハッチを踏みあけた。

宮石がハッチの下で待機しており、顔をあげている。

「聞こえているな」

『はっ。聞こえております』

「手伝いたいが、できぬ」

『わかっております。見張り、よろしくお願いします』

宮石はそう言って敬礼すると、同じ随伴兵の大木と走った。

「さて、どれがどこまで一人分かが問題だね」

大木は死体の山を見ながら言った。

「……遺体袋はたくさん持ってきているだろう」

「戦車に積んでる」

宮石は、大木に袋を取りに行かせたあと、悲しそうに死体のそばで膝《ひざ》を折った。

集合場所を兼ねた昼食場所として指定された道路上に座り込み、配食を受けていた兵士たちは5121の人型戦車たちが一斉に動き出し、離脱していく様を見上げていた。中には人型戦車の突然の砲撃を見て、箸《はし》を取り落とすものもいた。

これも訓練の一環かと多くの部隊が昼飯を食べつつ、命令の確認をする間を抜けて、いち早く動き出した者がいた。秋草一郎と深澤である。

市街地から、瓦礫《がれき》の山へ。街路を三つも横切れば、そのあたりはすでに戦場である。唐突に瓦礫の山や弾痕《だんこん》も生々しい住居が並ぶ。

かつては団地だったであろう戦場を、5121のあとを追いながら秋草一郎は黙って歩いている。急いで駆けつけたいところだが、一郎の肩には徹夜明けで足下が覚束《おぼつか》ない深澤が掴まっている。

団地の壁は、血で塗装されていた。いつまでも消えぬ血は、人間の血だ。目を下にやれば血の元が、即ちヒトウバンの部品であった人間の死体が黒い袋になって並んでいた。数百はある。

寒々しく心躍らぬ風景だった。

「この袋一つ一つが人間だったと思うと、やりきれませんね」

肩に掴まった深澤が、そう言った。目をやった袋は明らかに入っているものが小さく、人型にすらなっていないように見える。

「僕は無神論ですけど、彼らの冥福《めいふく》を祈ってやみません」

「誰でもそうだよ。誰だってそうだ……」深澤に対して、一郎はそう言って慰《なぐさ》めた。

深澤は頭を振る。

「すみません。寝不足で……」

「仕方ないよ。とはいえ、ウチで人型戦車の整備がわかるのは君だけだからね」

秋草はそう言って慰めた。

「君が５１２１を見ないと、そのからくりはわからない」

「嬉しいお言葉ですね。今度赤澤さんに言ってやってください」

「彼も君のこと評価してるよ」

「内心はそうでしょうね。僕ぁ、口に出して言ってほしいんだ。一度でいいから」

「ははは」

秋草は汗を流し、歩きながら笑ったが、引きずられるようにして歩く深澤は笑ってはいない。

先に行っても並び続ける黒い袋を、見ている。

「それにしても、これは全部、彼らがやったんですかね」

「５１２１がね。たぶんそうだろう。いったいどれだけの遺体袋を用意してたんだ。彼らは……こうなることを予想していたのか」

「おそらくは」

幻獣が奇襲するなら第一波にヒトウバンを選択するということは、統計的に広く知られている。速度が速いからである。しかしここまで周到に準備させているとなると驚異だなと一郎は考えた。おそらくは武装も併せて選択されていたに違いない。

今日の訓練が幻獣側に漏れているというのも衝撃だった。どちらかと言えばそっちのほうが今後より重要な要素になるかも知れない。つまりはあの化け物たちは作戦を考える知能だけでなく、諜報すら行う知恵があることになる。

「これだけで銀剣突撃勲章《シルバーソード》ものですね」

黒い袋の数は戦果ですと言う深澤の言葉で、秋草は我に返る。

「……勲章、あの小さくてチャチなやつか」

「相変わらず、戦争嫌いですね」

「嫌いだよ」

「いいと思います。僕も嫌いです」

深澤は顔を上げた。

「人型戦車の大量運用なんて、意味ないと僕は思っていましたけど。この戦果を見ると上がそれを言い出す理由もわかる気がします」

小山、菊池とその部下たち、そして人型戦車三両が追いかけてくる。人型戦車のうち一両は秋草と神楽が乗る複座型だった。混成部隊として立ち上がったばかりの、ぎこちなさがある。

一郎と深澤は同時に手を少し挙げ、立ち止まった。

「すみません。ずいぶん先行して出たのに」

「堀立さんが急がせたんだと思うよ」

一郎はそう言ったあと、ささやくように深澤に尋ねた。

「511の秘密はどこに?」

深澤は考えながら眼鏡を指で押し、口を開く。

「まあ、実際のところ報告書に書けない事項としては、非合法問わず整備士をかき集めてるんじゃないですかね。彼ら」

「確かに」

「動きさえすればナカナカのもんです。あの娘たちは」

「そうだね」

会話はそこで終わりだった。

小山と菊池が近づいてきたからだ。

「うちらで運びましょうか」

そう言って二人は深澤を指さした。

「いえ。僕ほど清い生き物だと女性に触れられると死んでしまうので」

小山と菊池は同時に深澤に触れた。深澤が悶絶《もんぜつ》する。

「やめてよ」

一郎は苦情を言った。菊池と小山は笑った。

「あ、いや、まるで女が悪いものみたいに言われたんで。つい」小山は正直に言った。

「面白そうだから」と菊池。

小山はついでに、一郎にもそっと触れてみた。

一郎は不思議そうな顔をした。

小山は顔を赤くして「良かった」と言って急いで離れた。

良くわからない顔の一郎を見て、菊池は意地悪そうに笑う。

「まあ、秋草くんまで女嫌いじゃや、美千代《みちよ》困るからねぇ」

「さっきまで僕の頬を引っ張ってたのに」

「いしししし」

笑いの途中で、菊池は転倒した。倒れたうしろから、岩を投げた小山の姿が現れた。

「なんてことすんのよ！」瞬間に立ち上がって菊池は文句言った。

「うるさい、だまれ」小山は顔を真っ赤にして怒鳴った。

そんな二人を、優しい瞳で一郎は見ている。

眼鏡を指で押しながら深澤は一郎を見た。それから横の遺体袋を見る。良く騒げるなあと思うのと同時に、彼女たちは僕たちよりずっと死に慣れてしまってることを思い出した。

「まあ、そうですね。戦争嫌いにもなりますよね」

「何がだい？」

「秋草さんは人間好きそうです」

「僕はみんな好きだよ」

「誤解してませんて。さて。気合い入れて、僕もがんばりますかね。いつまでも肩借りてたら、気合いが入ったヤンキーにはなれないや」

深澤は自分の足で歩きだした。

「さあ、行きますよ。皆さん」


同じ頃、神楽は本部でウサギのぬいぐるみを抱いていた。

顔は物憂げ。天気は曇り。雲は分厚く、いつ雨になってもおかしくはない。

對馬《つしま》は窓際で楽しそうに笑っていた。

「動きましたか。善行が」

「動いているな。それどころか、さきほどからこちらのコンピュータに侵入している」

ぬいぐるみで遊びながら、神楽は言った。

うなずく對馬。

「同様のケースで敵がどう動くか、気になるんでしょうね。我々の保有するデータとつきあわせたいんでしょう。赤澤くんの防御を破るとは、たいしたもんだ。これを理由に命令違反あたりで死刑にできればいいんですがね」

「善行を殺しても意味はない」

神楽の返事に、對馬は左様ですかと肩をすくめた。

神楽はうさぎのぬいぐるみを置いた。窓の外の低い雲を見上げる。

「私の妹だ。死なねばならぬのは」

「不機嫌そうですが、いっそやめますか？」

「やめぬ」

對馬の言葉に、端的に答える神楽。

「私が殺してやるのが、妹へのせめてもの親切というものだ。他の姉は趣味が悪い」

「秋草くんを使ってね」

對馬はそう、薄く笑いながら言った。

「あれもそれを望んでいる」

神楽は動じない。そして對馬を見た。

對馬は肩をすくめる。

「まあ、そうですね」

「對馬。気が乗らぬなら」

「確かに上等なショーとは言えませんが」

そう言ったあと、對馬は神楽を見た。珍しく笑っていなかった。

「……自分もつきあうことにします。何せ、生まれてずっと、家令として貴方の面倒を見てきましたからね。養育係の権利として、貴方の絶頂か最期か、そのどっちかは見させてもらいます」

「悪趣味だな」

「どうぞご自由に罵倒《ばとう》してください。意外に盛り上がります」

對馬はきりりと、そう答えた。

白い目で見返す神楽。

「冗談です」

對馬はそう言って、苦笑した。

神楽はそれも無視して口を開く。一度置いたうさぎを、抱きしめている。

「舞の手元にある〃人中の竜〃は強い」

對馬は並びながら、口を開いた。

「なに。我々の手元にある〃人中の竜〃も捨てたものではありません。餌《えさ》もあります。人が竜になるための、甘美な餌が」

指揮車が集合した駐車場から、そろそろと一台が動き出していた。５１２１の指揮車である。

指揮車の中、据え付けのものとは明らかに違う、チャチな作りのイヤホンから、たれ目の伊達男・瀬戸口が音を聞いている。、その姿を善行が、丸眼鏡を布で拭きながら見ていた。

「状況はどうですか」

「上は大混乱に陥ってます。とりあえず責任の押しつけあいになってますね。勝手な行動をはじめた隊長への恨みについては一九対一というところですね」

「僕がおっぱじめなければ、敵が奇襲してただけですよ……ちなみに僕に文句を言ってない一人ってのは誰ですか」

「その人は腹痛で今トイレですね」

「なるほど」

善行は表情を隠すように眼鏡を上げた。

「僕への恨み言から回復して全軍投入するまでどれくらいいりますかね」

「盗聴の感じじゃ、二〇分です」

「わかりました。では二〇分ほど我々だけで持ちこたえます」

「できますかね」

そう尋ねた瀬戸口の顔は笑っていない。

だが善行は心の底からほがらかに笑っている。

「芝村さんと彼女の白馬がいますからね」

5121の騎魂号《きこんごう》は、後席にも操縦系を備えた二重操作系の機体である。これはもともと後部に教官が乗る形の訓練用機体だったものを、改装して使い続けている名残である。一郎などが使う電子戦機の後席と比較して操縦系がある分、電子機器などは少ない。それらはモニターも含めて後席の左右に割り振られて装備されていた。後席のガンナーは、左右を見回しながら操作するという、あまり効率的とは言えない形になっている。

戦闘中の今、後席ガンナーシートに座る舞は、ポニーテールを揺らしながら左を見て、捜索レーダーの探知内容を見ていた。

前席操縦席から見上げると、いかにも馬が主人を背に乗せている感じに見えた。

——芝村が凛々《りり》しい王子なら、僕はその白馬だな——

速水はコクピットの中で操縦しながら、うしろをちらりと見てそう思った。

視察クラッペからは、いろいろな幻獣が諸兵科連合を組んで前進するのが見える。その数は万を超える数にも見えた。

「善行からの追加の指示はない。戦闘を続行する」

舞は凛々しく言う。

速水は自分の兄弟のような人型戦車に触れ、敵の大群に突撃する馬は幸せだったろうかと考える。

　きっと幸せだったのだろう。なぜなら僕も、幸せだから。

　王子様である舞は忙しくコクピット内の計器をいじっている。今度は右を向いて武装確認をしている。

「敵に突撃する。ミサイルは一斉射分。二〇ミリもある」

「あとは剣があるよ」

　各種の武器のうち、身体を使って扱う剣だけは前席の管轄《かんかつ》だった。速水は控え目に、自分の武器も付け加えた。舞は不敵に微笑み、言葉を続ける。

「友軍の動きは鈍い。二〇分程度は持ちこたえる必要がある」

「一五分は剣だけで戦うことになりそうだね」

「止めないのか」

「ひひーん」

　舞の言葉に、小さく速水は言った。

「？」

　不思議そうな舞を見て、速水は恥じらった。

「ううん。行こう。芝村。あの」

「なんだ」

「僕、怖くないよ」

その言葉を聞いて、舞は微笑んだ。

「勇気があるのだな。そなたは」

そして誰よりも凜々しく言った。

「突撃する。正義を守れ。戦車前へ。戦車前進」

重装型の壬生屋は口を開いた。

『私は母国を守ります。戦車前へ。戦車前進』

軽装型の滝川が言う。

『家族を、母ちゃんを俺が守る。戦車前へ。戦車前進』

士魂号M型三機による突撃がはじまる。

向かう敵は人型戦車対策として選ばれた、幻獣の人型戦車とも言える奇怪な角の生えた巨人……ミノタウロス。それが三〇体ほど前に出て、真っ向から襲いかかろうと動きはじめる。

両者全力突撃で正面から殴りあう展開だった。


「見えた」

5121を見たのは一足先に瓦礫の山に登った小山だった。

菊池、深澤、秋草が並んで遠い戦場を見る。団地の裏に存在したかつての公園の前、水の止まった噴水《ふんすい》を境に戦闘が行われている。

複座型によるミサイルの一斉放出。ミノタウロスの足元が一瞬で爆発する。爆発で崩れ落ち、戦列に風穴をあけたところに左右を占める二機が白兵突撃し、短い剣を振るってミノタウロス四体を斬り殺した。

両腕を切断されたミノタウロスがなお戦意を喪失《そうしつ》せずに突撃する。その頭に剣を串刺し、重装型はもう一本の剣で違う敵を切断した。頭部を揺らし、周囲の敵を威圧する。軽装甲は一歩下がった位置で二機を支援していた。

言葉もなく小山は戦いを眺めている。距離はあったが、それでも巨人たちが地面を踏みしめる衝撃で小さく揺れていた。

「これは戦争じゃない。中世の。いや、もっと古い戦いだ」

戦いを見ながら、深澤はつぶやく。

「戦場に英雄ってやつがいた頃の……」

そのまま深澤は絶句する。

三機の士魂号が、三〇のミノタウロスを圧倒しはじめている。

中でも複座型の、速水・芝村ペア機の強さは圧倒的だった。剣一本で、流れるように七体のミノタウロスをなで切りして仕留めた。大きな損害を出したミノタウロスが左右に分かれる。

その奥には整列を終え、砲撃態勢に入った並んだキメラがいる。

「だめだ。タンクハンターだ」

うわずった声で深澤が言う。

光。一斉発射されるキメラたちのレーザー。思わず小山たちは目をつぶる。つぶっていなかったのは、一郎だけだった。

〝戦車〟が跳躍《ちょうやく》してレーザーを避けている。

三四トンの複座型がキメラの眼前に着地した。そのまま前傾で走り剣を振るう。切断され飛ぶキメラの頭、尻尾。英雄の前に飛び道具などはもはや無粋なものでしかないようであった。

目をあけた深澤が、おぉぉぉと叫んでいる。

小山と菊池が銃を握りしめた。

宮石たち随伴歩兵が人型戦車に群がろうとする小型幻獣と戦っている。叫んでいる。

「母国を守れ。郷土を守れ。民衆を守れ。家族を守れ。正義を守れ。ガンパレード!」

小山と菊池が互いを見た。銃を持ち直す。

菊池が一郎に言った。

「ごめんね。ちょっと行ってくるわ」

「母国を守れと言われたら。たいしたことない私たちだけどさ、行くしかないよね」

小山はそう言って、一郎に透明な笑顔を向ける。

「まったくまったく。あ、私が死んだらお姫様に、あの末綱くんに言っといて。騎士は立派に死にましたと」

一郎は暗い眼をしている。その一郎に小山は告げた。

「ごめんね。隠れてて」

「母国を守れ！　友軍を守れ！　ガンパレード！」

菊池と小山が瓦礫の山を駆け降りながらそう叫んだ。


隣に駆け込んできた二人の女子学兵を見て、銃を撃ちながら宮石がびっくりしている。

「なぜこんなところに」

「ここは私の国よ。ずっと忘れていたけど」

小山はライフル連射しながら、そう言った。菊池は弾をばら撒きながら笑っている。

「騎士らしく戦ってみようかと思って」

宮石は驚きを引っ込め、しみじみ言った。

「……ありがとうございます」

「お礼をいうのは私たちだ」

小山は言う。

「自分の命を、大事にし過ぎていたね。もっと大事なものなんて、山ほどあったのに」

「自分はあなた方の命も大事です」

「みんなそうだって」

菊池はそう言って綺麗に笑った。

遠くの怒号。疲弊《ひへい》した熊本のどこにそれだけの戦力があったのか。雨後の竹の子のように続々と母国を守れ、ガンパレードの声が響きはじめていた。

指揮車の仕事は指揮を取ることながら、自身の持つ二五ミリ機関砲で歩兵の援護もしていた。それぐらい接近しながら、激しい戦闘に伴って他の人型戦車を指揮できなくなりはじめた速水・芝村機に代わって指揮を引き継いだ。

「さすが芝村のお姫様は指揮慣れしていますね。いい布陣だ。僕はあまり仕事しなくても良さそうです」

そう言いながら歩兵を動かし、装甲の薄い滝川機を重点的に支援させはじめた。装甲が薄いために小さな幻獣からも損害を受けやすい機体である。一方で装甲が薄いために軽く、関節負担が少ないので長時間での戦闘にも力を発揮した。軽装甲の機動力を生かすのではなく、継戦能力延伸に生かす、このあたりの発想の転換が善行はうまかった。

戦闘開始から一〇分。重装甲の壬生屋機の動きが鈍り、一旦後退する。人工筋肉が加熱して装甲の隙間から水煙が上がりはじめていた。滝川機は今度は機動力を生かして壬生屋機の担っていた範囲もカバーしはじめる。

一方重装甲の壬生屋機以上の重量にも関わらず、速水・芝村ペアの複座型は動きが衰えることもなく戦果をあげ続けていた。左右の守りを滝川機と歩兵に任せ、たった一機で正面打撃戦を展開している。

まるで自分自身の身体か、それ以上に速水は機体を操り続けている。王子の白馬はまごうことなき名馬であった。舞という女性だが凜々しい王子が向かうところ、白馬はそれが敵の只中でも怯《ひる》まず前進し、走り抜けた。

「全域で軍が動き出しました」

瀬戸口が通信を傍受しながら言った。

「支えるのは一五分くらいで良さそうですね」

善行はそう言って席に深く座り直したあと、難しい顔をする。

「だが、統制がとれていない」

いつの間にか、小山の姿を見失っていた。兵士の姿は見えるものの、誰が誰かヘルメットのせいでわからなくなっている。姿が見えないだけで、秋草一郎は心が痛んだ。よくわからない言動の、やたら絡んでくる女を失うことが怖かった。

「どうしますか」深澤は尋ねた。

一郎は悔しそうな表情になった。

「みんなバカだ」そう言って顔を上げ、多目的結晶から通信を送る。

（末綱くん）

（今そっちに向かっています）

末綱が答えたと思ったら、騎魂号が走って来るのが見えた。騎魂号は目の前で地響きを立てて止まると、すかさず膝をついた。続いて背後のハッチが開き、末綱が降り立った。

「戦場の会話、傍受していました。菊池さんに文句言わなきゃ」

「なんて？」

「僕は男の子で、僕が騎士なんです。乗ってる機体は騎魂号だし」

末綱はそう言った。秋草は微笑んだ。

「味方の統制は取れていない。電子戦機の強力な通信能力が必要だ。神楽に怒られるから壊さないようにいこう」

「それはもちろんです……でも僕、操縦は自信なくて。だからあの、先輩も来ますよね？」

不安そうな末綱。一郎はしばらく黙ったあと、末綱に手を引かれ、そっと言った。

「僕にだって守りたい人はいる」

騎魂号が、動き出す。

一郎は末綱とともに騎魂号に乗り込み、堀立隊の二両の人型戦車を伴い、戦闘に突入した。

末綱は膨大な数の行き交う通信をまとめ、指揮や前線に送り直す一方で、報告を集計して計算し、敵の全貌《ぜんぼう》を洗い出し、戦場の霧を払った。

「敵は予備も投入して全力で攻撃しているようです」

「翼の端で近いほうは？」

「右翼です」

「敵も味方もバカばっかりだ。古代さながらの正面からの殴り合いに終始している。僕たちは右翼を延伸して包囲に動く」

「わかりました」

右翼端から迂回して敵を脅かす。深澤の口を借りて指示が伝わると、堀立は凛々しくわかりましたと言い、部下を率いて移動を開始した。深澤は堀立の指揮車に同乗し、未だ不慣れなパイロットたちに通信で指示を出しはじめている。

「味方が多くて側面に回るのは大変ですね」

後席の末綱は顔をしかめながら言った。

「敵と味方の隙間を通る」

前席の一郎は言葉少なく言い、幻獣の前に躍り出た。

「それ隙間っていいます？」

急な機動で振り回されながら末綱は言う。一郎は操作に専念し、機関砲をばら撒きながら強引に走りはじめた。戦車随伴兵の平均寿命は三週間。小山が言ったそんな言葉をちらりと思い出し、胸が痛んだ。

「そんなことをさせてたまるか」

つぶやいて一郎は弾の切れた機関砲の銃身でミノタウロスの頭を叩き潰した。折れ曲がった機関砲を投げ捨てて、なお強引に右翼に回ろうとする。末綱の誘導が通じ、味方が少し後退した隙に一郎は一気に機体を加速させた。住宅地を押しつぶすような幻獣の群れの端、右翼端は目前にある。

ここから敵の背後に出る。予備の戦力がない以上、幻獣はこれに対応する際に綻《ほころ》びを生む。戦力を抽出してあたれば戦線が綻び、さりとて何もしなければ後背を突かれる。勝負あり、である。

この急な動きで敵の戦意は折れた。

人類側援軍の到着によって数の優位が急速に薄れはじめた今、包囲を恐れて幻獣は後退をはじめたのである。

「勝ちました。勝ちましたよ」

末綱の報告を聞きながら、一郎は機体をチェックする。

無理を重ねて走ったツケか、左肩が上がらなくなっている。装甲にはあちこち傷や凹《へこ》みができている。幻と消える血の痕も。

一郎は皆バカだと思いながら、目を瞑《つぶ》って小山の無事を願った。

4

静かで涼しいコンピュータルーム。赤澤だけが一人、キーボードを叩いている。

幼女・神楽はというと、光指す窓際の席で優雅に絵本を読んでいた。

『ウサギの名はストライダー』というタイトルである。折れた剣を持つウサギが、放浪を続ける話だ。

さっきまでの厚い曇り空がいつのまにか晴れている。神楽はそれで、戦いが勝ちなのを知った。


ドアが、開く。

あつー、やっぱり我が家ですねえ。などと、銘々《めいめい》が勝手なことを言いつつ、二度寝天国小隊のメンバーが帰って来た。

「ただいまー」

内心の感情を隠して一郎はそう言った。小山は無事だったが、また喧嘩《けんか》をしてしまった。一郎がバカと言ったからである。

どうしてこうなるんだろうと、一郎は思う。嫌いじゃないのに、彼女とは喧嘩ばかりしている。

「今戻りました」

微笑む末綱。こちらは菊池が無事なだけで、それでよかった。

「赤澤さんもたまには外出したらどうですか」

「俺はクーラーが大好きだ」

赤澤の隣で絵本を読んでいた神楽の存在に気付いたか、三人は並んで背筋を伸ばした。

少し微笑み、絵本を閉じる神楽。上機嫌そうに髪を揺らして皆を見た。

「うむ。首尾は？」

「上出来です」

胸をはって、末綱は言った。

「正義は守れたか」

微笑んで言う神楽。うなずく末綱。

「観察するだけという命令は守れませんでしたが、はうっ――」

深澤と一郎、両方から肘鉄《ひじてつ》が入った。末綱は涙目になって左右を見る。

「それはもう」深澤はそう言った。

神楽は涼しい顔をして目を細め不意に優しく微笑んだ。少し背伸びしたり、元に戻ったりしながら言う。

「結構。命令よりは正義。それでいい」

「いいの？」

びっくりして一郎が聞き返した。

「いいんですか？」

深澤はメガネを指で押し上げていった。

「お前たちは」神楽はどこか寂しげに言う。

「私の分身。私の手足の延長線。爪の先」

直立する末綱と深澤。

「はい」

「忘れたことはありません」

その間に立って。それぞれの手を握る神楽。

「私の分身がそう判断したのだ。私の爪の先が、正義を摑めと動いたのだ。なぜ私が異論を挟む？」

一郎は神楽の真意を摑み損ねている。わがままで思いどおりにならぬとすぐへそをまげる彼女である。怒っていると思っていた。

神楽は手を握ったまま、一郎の腹に優しく頭突きした。

「計算が、狂いました」一郎は浮かぬ顔で言った。

「そうか。ならばもう一度だ」

神楽は、顔をあげてにこっと笑ってそう言った。

「正義をあきらめなかったのだろう。計算もあきらめなければ良い」

深澤と末綱は、それで嬉しそうに微笑んだ。

「はいっ」と、背筋を伸ばして言った。

「ともかく深澤は休んでいないだろう」

「はい」

「休め」

「わかりましたっ。気合いをいれて寝ます」

深澤は背筋を伸ばして言った。真面目にうなずく神楽。

「結構。末綱は赤澤の手伝いを」

「はい」

「秋草は……分析を聞かせてもらおうか。詳しくは深澤に聞くにしても」

一郎はうなずいた。神楽は髪を振って背を向ける。

「かかれ」

「はい」

全員が別れて行動を開始した。神楽は一人、絵本を小脇に抱えて歩く。遅れてついていく一郎。思ったより神楽は足が速く、慌てて一郎も足を速めた。

二人は屋上に出た。追いついた一郎は、神楽の手を引いた。

「本当に良かったの？　近々大規模な作戦があるんでしょ。それに間にあわせるには今回の観察任務が……」

「良くはない。だが」

振り向きもせず、神楽は言った。一郎がなおも手を引っぱると、神楽は振り向いた。涙目になっていた。

「正義を信じたいのは、深澤や末綱だけではないぞ」

「ごめん」

やはり、計算が狂ったのはかなり大きなダメージだったようだ。

一郎は黙った。そうなる可能性を知りながら、小山を守るために戦った自分を責めた。黙ったまま、神楽を見る。神楽は目元を拭いている。

「敵味方の戦力拡充競争は終わる。我が軍より敵のほうが早く回復する。均衡が崩れた先、敵が仕掛けて来るであろう次の大規模戦で、計算される学生兵士の死亡率は６８・２％　二人に一人以上が死ぬ。もしそれを減らすことができるとすれば、訓練もままならぬ今、それは5121。あの部隊の鬼神のような強さの秘密を解き明かし、皆で倣《なら》うしかない。それだけが、学生を一人でも多く家に帰すことになるだろう」

神楽はそこまで言ったあと、表情を変えた。

「わかっている。そんなことは。わかっている。だが、末綱や深澤の気持ちもわかるのだ。正義は、誰かが守らねばならぬ。それを守ろうとする者が非力をかみしめることになろうとも」

神楽の涙をやさしく拭って、一郎は沈痛な面もちになった。

「ごめん。でも、僕には正義はわからない。僕にはわからないんだ。あっちゃんを殺したのはあの偽物かも知れないけれど。本当は戦争や、正義が悪いのかも知れない」

一郎は親友の歯の欠けた笑顔を思い出す。

「あっちゃんは、速水厚志《あつし》は正義を守るって言って熊本へ徴兵されていった。笑って徴兵された。そして死んだ。死んだうえに名前を奪われた。僕はそれが憎い」

一郎は神楽を見る。

「正義は、本当に正しいの？　命を失ってまで守らないといけないの？　5121に倣えって、あいつらは死者の名を騙《かた》る幽霊《ゆうれい》じゃないか」

「そうかも知れぬ。そうではないかも知れぬ」

神楽は、静かにそう言った。

「正義の女神を見ることができるものはいないからだ。ただ、時折誰かの肩に乗ることはある。その重さだけは、誰にでもわかる」

「重いだけの化け物かも知れない」

「そうかも知れぬ。そうではないかも知れぬ」

神楽は正義の女神の神官のように厳《おごそ》かに言った。

「だが多くの者は信じずには、いられない。その声が凛々しく、美しいからだ。秋草、そなたが正義を信じる必要はない。そのために働けともいわぬ。それは人に強制した瞬間に、ただの悪に落ちるものだからだ」

神楽は続けて、優しく言った。

「だが。正義の女神を肩に乗せた者たちまで嫌うな。憎しみで心を一杯にしてはならぬ。生きるために殺せ、だが憎しみのために戦ってはならぬ」

背を向け、外の風景をうかがう神楽。髪が風で踊っていた。

「戦いはしばらくないだろう。難易度は上がるが平和的手段で、５１２１の強さを分析する」

第四章

1

　この年の日本は、毎年言われていたが異常気象だった。夏を思わせる暑い日が一日あったものの、長雨と寒さが続いて、三月の末になっても桜が咲かなかった。

　それでもこの数日は暖かく日が射す時間も増えて、ようやく桜も咲くのではないかと皆で話すことも多くなりはじめていた。

　熊本の人々は定常化した休電節電にも慣れはじめ、夕食は夕方、日が落ちる前に食べるものとなっていた。

　男子校の生徒を守るために女子校の戦力を加えた二度寝天国小隊改め、二度寝天国増強小隊とてそうであり、屋外で夕食をはじめていた。

「へー。5121に行くんだ？」

　菊池《きくち》優奈《ゆうな》はそう言いながら、もち巾着《きんちゃく》を取ろうとした。

　目の前には、5121に行くと宣言した、秋草一郎《あきくさいちろう》がいる。

「とか言いながらちゃーんす」

さに悶絶《もんぜつ》する。

その横からさらに手を伸ばし、面白くなさそうな小山《こやま》はもち巾着を奪った。食べる。その熱

「何がチャンスよ」

「あー。もち巾着熱いですよね」

深澤《ふかざわ》は悟りを開いた賢者のように言った。箸《はし》を動かす。

「僕は、渋く大根ですよ。おでんはこれに限ります」

「まったく、何やってるんだか」

掘立瑞希《ほりたてみずき》は深澤の隣《となり》で卵を取りながらそう言った。

ここは小山らの寮がある女子校の屋上。そこにコンロと鍋《なべ》と机を持ち込んで、ちょっとした食事会が開かれていた。おでんという、戦時中としては大奮発のメニューだったが、これはひとえに優先配給を受けている一郎と深澤が食材を持ってきたせいだった。

「短期だけど、実際に加わって５１２１から学ぼうと思ってね」

一郎の言葉に、菊池はうなずいた。

「あそこ、戦績ずば抜けているもんね」

「そこから学んで、みんなにノウハウを伝えられればいいなって」

「私も学びたいです」

掘立は手を挙げてそう言った。

「卵に箸をさしたまま言っても、かわいくなかばい」

小山が言った。

「小山さん、聞きずてなりませんわ。わたしがいつ、ぶりっ子したと」

「なりませんわて、賞味期限切れの単語使うのはやめてって言ってるの」

「女の人は騒がしいですね」

大根を食べながら深澤は言った。

「あー。いや、あの二人は特別だからー」

菊池はそう言ったあと、少し恥ずかしそうに上目がちになった。

「あの、お姫様は？」

「お姫様？」

「末綱《すえつな》く……ん？」

「僕はちゃんとジュース買ってきました！」

末綱は女装のまま、校舎の屋上に上がりながら言った。

きらきらを振りまいている、その姿は見目麗《うるわ》しい。

顔を赤くし、目をそらす菊池。

「何その格好!?」

「今日はキュロットなんで、恥ずかしくありませんよ！」

「いや、恥ずかしいから」菊池は言った。

「まあ、いいから、おでん食べよう」一郎はそう言って食事を再開した。

「そうです。おでんはいいものです」しみじみと掘立。

末綱も加わり、屋上の食卓はにわかに騒がしくなった。

舌を出して空気冷却する小山は一郎の隣に、乙女座りしている。一郎とは違うほうを見はするが、距離は離れがたかった。

「まだ、喧嘩《けんか》してるんだからね」

「わかってる」

一郎もあらぬほうを見ながら、そう言った。

「なんで喧嘩してるのよ、そっち」

「戦いのときに無茶するから」

「無茶したのはそっちだろ」

睨み合う小山と一郎。菊池と末綱が、それぞれ止めた。

「まあ、二人とも互いを心配しているということで。いいよね、そういうの」

菊池は末綱を見ながら言った。末綱は満面の笑み。

「そうですね！」

互いを見る小山と一郎。小山はまだ舌をちょっと出して、横を見る。

「今日までは喧嘩してるんだからね」

「わかった」

「それはそれとして、一人で行かれるんですか、5121？」

空気を読まず尋ねる掘立。この人物。先ほどから卵しか食べていない。所謂《いわゆる》おでんテロリストだが、誰も気にはしていなかった。深澤が大量の卵を仕入れてきていたからである。食材が豊富だと喧嘩はなくなる。日本も土地が二倍くらいあったら幻獣《げんじゅう》と争わなくていいのかなと、変なことを小山は思った。

「うちの部隊は人数がいないんで」

一郎はこんにゃくを食べながら、そう答えた。

「本当は僕が行けるといいんですけどねぇ」

人嫌いはどこにいったか、なじんだ様子で深澤は言った。

「そういや、あんた女嫌いはどうしたの？」

小山はなぜか深澤ではなく、その隣に座る掘立を見ながら言った。

「慣れました。赤澤さんはまだ3Dはダメだって言ってます」

「そうなんですか」

堀立は優しく微笑《ほほえ》んで言った。深澤はなんでそんな顔をされるのかわからないまま、ええ、まあ。と言った。

——小隊長、趣味悪くない？

——いやいや。あんた人のこと言えないから

——お前が言うな

小山と菊池は、仲良くくっついてこそこそと恋愛談義。

「すみません、なんかむかつくので向こうを説教してきます」

堀立は、深澤に向かってにこっと笑って言った。

「二人とも、覚悟はいいですね」

「何言ってるんですか」

「そうよ、人が人を好きになるのは、えと、好きになるのはおかし——」

顔を一層近づけ、堀立は顔を赤くしている小山にささやいた。

——私は今後の部隊の整備力強化を睨んで戦略的行動をしているんです

——うへ、小役人

「やっぱり覚悟しなさい！」

堀立はそう言って立ち上がった。そんな三人を見て一郎が笑う。よくわかってなさそうだが、おいしくおでんを食べる末綱。大根しか食べない深澤。

小山はため息をつき、いかにも仕方ないなという態度を装って、隣の一郎を見た。それでも一抹の恥ずかしさは隠し切れていない。

「まあ、その、喧嘩期間とか終わったら、たまに遊び行くから」

「そうだね」

一郎は笑いをこらえきれずに、そう答えた。

2

翌日。その日は朝から、快晴だった。

壬生屋未央《みぶやみお》は、プレハブ校舎の前を箒《ほうき》で掃《は》き清めている。手書きの5121の看板を見上げ、ため息一つ。看板に不満があったわけではない。豊かな黒髪の乙女にも、恋の悩みの一つくらいはあるのだった。

「ため息をつくと幸運が逃げていくそうだぞ」

通りかかった芝村舞《しばむらまい》がそう言う。箒を握りしめ、むっとする壬生屋。

「私はこの手書きの看板をそろそろ変更してはどうかと思っただけです」

そう、心にも無いことを言った。壬生屋未央は何でもすぐに取り繕《つくろ》う人物ではあった。弱音も弱気も他人に見せられない性分なのである
「いいではないか。読み間違える者もおるまい」

舞は看板を見上げ、偉そうに言った。そのすぐうしろを白馬のように速水厚志《はやみあつし》がついてきた。

「そうだ。瀬戸口君が言ってたけど、今日から転校生が来るって」

「ふむ」

「と、殿方でしょうか」

「た、たぶん」

力んで問う壬生屋に、自信なさそうな速水が答えた。

そのやり取りをどう取り違えたか、滝川《たきがわ》も寄って来た。

「なんだよなんだよ。なんでこの滝川様をおいてロボット談義してんだよ」

「してない」

舞はそっけない。

「してません」

壬生屋もそっけなかった。

あちゃーという顔の滝川。

「おいおい。朝からロボットの話しないなんて暗い青春だぜ。次点はアニメだな！　そう思うだろ、速水」

「ごめん。芝村がいいと思うな……」

「えー。おまえほんっとに芝村のこと好きだな」

場が凍る。破廉恥《はれんち》な。という顔の壬生屋に、しばらく意味を考えて顔を必要以上に赤くする舞。速水は暗殺するように滝川の口を手で覆《おお》って遠くへ連れ去って行った。

　刻《とき》が、動き出す。

「さ、さすがにそういう意味ではないと思いますよ」

すごい勢いで箒を動かしながら、壬生屋は目をそらして言った。自分より先に、いくらなんでも芝村に彼氏ができるとか、そんなことがあるわけがない。

「と、当然だ」

同じく偉そうに目をそらして舞は言った。

「『では、そういうことで』」

二人してそう言って別れる。舞は右手と右足を同じ方向に動かして歩き出し、そのまま器用にプレハブ校舎の階段を上がっていった。

　その光景を手でつくった望遠鏡で見ながら、瀬戸口《せとぐち》がにやにや笑っている。

「青春だねぇ」

「青春ですね。そしてあなたの行為は趣味が悪いと思いますがね」

元は用具入れだった司令室の席におさまり、湯飲みのお茶をすすりながら、善行が言った。

瀬戸口は片方の眉《まゆ》をあげる。

「年寄りの特権さ」

「自分だけ特別扱いしてると、あとで人並みのことをするとき困りますよ」

「そいつは壬生屋に言ってくれ」

善行は瀬戸口を見て意味ありげに笑った。

瀬戸口が突っかかる。

「おい。何か言いたいならはっきりと」

ドアが開いて、ののみが「めー」と言いながら駆け込んで来た。本人的には、必死のつもりらしい。

「けんかはめーなのよ」

傍《かたわ》らの猫も、にゃーと鳴いた。この猫はブータといい、一メートル近くもある巨大猫である。

「喧嘩なんかしてないさ。なあ」と瀬戸口。

「ええ。もちろん。意固地の相手なんかしません」

善行はメガネを指で押し上げながら答えた。瀬戸口が顔をこわばらせて善行を睨《にら》む。しかし善行は涼しい顔でそれを受け止め、ののみは涙目になった。

「あー。ののみ、遊びにいこう」

ののみを抱き抱えて瀬戸口は善行を一瞥《いちべつ》して去った。この陰険眼鏡《めがね》めと思っているのは確実であった。

残された善行は一人ため息をつくと「やれやれ、困ったもんだ」と一人ごちて、陰鬱《いんうつ》な顔になった。

――皆が子供に見えるといけませんね。戦争がしたくなくなる――

「嫌だ嫌だ。戦争なんてやってられませんね」

善行はそう言ったあと、またため息をついた。英雄的な活躍を連日やってのける部隊の日常は、英雄的でもなんでもなかった。


舞が去ったあと、プレハブ校舎の前を未だ掃き清める壬生屋未央もまた、ため息一つ。

「この世には素敵な出会いの一つでも、ないのでしょうか？」

などと口にした。即ちそれが彼女の恋の悩みであった。恋に恋する一七歳である。気配を感じ、顔を上げ、横を見る。

従来の垂れ目を全開でさらに垂らし、独り言を偶然立ち聞きした瀬戸口がいい笑顔で立っている。ののみを肩車し、足下にはブータという猫を従えていた。

壬生屋は顔を赤くし、頬《ほお》をふくらませた。一番聞かせたくない奴に、独り言をきかれてしまった。

箒を持ち替える壬生屋。青眼の構え。

「そこに直りなさい」

「おいおい。校舎前は天下の公道だ。独り言を言うほうが悪いだろ。そうか、素敵な出あ」

箒が容赦《ようしゃ》ない速度で振り下ろされた。瀬戸口は一歩下がって間合いをはずした。ののみは瀬戸口の肩の上で、不思議そうに二人を見ていた。

「私はあなたの行動を言っているのです」

「何が？」

「いやらしいうえにあさましいのです」

「待て、俺はまだベストの第四ボタンもはずしてはいない！」

箒の束が割れて刀が出てくる。怪しく光る刀。

「乙女にふらちな発言をしたことを地獄《じごく》で後悔しなさい」

「ふぇぇぇ」

瀬戸口の頭に抱きつきながらののみが驚きの声を発した。

「にゃー」

同じく瀬戸口の頭に抱きついて鳴くブータ猫。

瀬戸口は一人と一匹を抱いたまま全力で逃げはじめた。ここは本気で逃げないと命が危ない。

壬生屋は白刃を煌《きら》めかせて追いかけた。

「安心しなさい。胴を真っ二つにするだけです」

走る瀬戸口に抱かれながらののみは少し、空を見る。目を細め、考える。

ブータがしっぽを振って目を細め、ののみを見ていた。

「せいぎさんをためしに、すてきなであいなの」

ののみは我に返った。今のことを全部忘れたように、瀬戸口の肩から降りて歩き出した。

ブータはしばらく考えたあと頭をふり、しっぽを高く上げて飛び降り、毛繕《けづくろ》いして、ゆっくりとののみを追った。


昼過ぎの小隊長室は薄暗く、事務作業《デスクワーク》には向いていない。灯りをつければいいのだが、この日は休電日だった。

善行は書類を手に丸い眼鏡越しに、秋草一郎を見ている。

一郎は表情を消して黙り、５１２１を率いる猛将がなんと言うか見守っていた。

書類は軍の上層部が認可した正式なもので、不備はない。海兵の佐藤《さとう》中将、鈴木《すずき》銀一郎《ぎんいちろう》大佐の承認もある。

だから、一郎は思う。そんなに僕を見たって、どうにもなりませんよ。

一郎は目をそらさずにそう考える。

「腕のいい人型戦車パイロットだそうなんですが」

善行もまた、目線を動かさずに言った。言葉を続ける。

「残念ながらうちの可動機は三機しかないんです。根本的に整備力が足りていないのです。だから戦死者でも出ない限り、貴方を乗せる機体がないことを、最初に断っておかないといけません。すみません」

善行は頭を下げた。

警戒されているなと、一郎は思う。この戦況にあっての転属は、とても怪しい。5121では戦死による人員の減少も起きてはいないのだ。

戦力不足から何かにつけて渋い上層部が、定数外の増強をかけてくるとあれば、普通は警戒の一つもする。

戦果の過大見積などがあるのではないかという内偵……このあたりか。

実際可動機が少ないのは先行して接触した堀立さんたちの報告にもあった。事実を盾に、内偵かも知れない僕を遠ざける。なかなかどうして、この幽霊《ゆうれい》部隊は優秀だ。

「いえ。上はきっと、僕に5121の戦いぶりを勉強しろと言ってるんだと思います」

一郎は静かに言った。

「勉強してどうするっていうんですか。人型戦車の指導教官にでもなると?」

善行は決済の判子を押しながら、静かに返した。

判子を押したからには着任を認めたことになる。だからこの質問は、雑談と言うことだ。

一郎は笑みを見せずに、口を開いた。

「僕もそういうのになりたくはないんですが、上はそう思ってないと思います。将来的には、という話ですけど」

上とは神楽《かぐら》のことである。将来と言ってもそう遠い話でもない。事実を事実のまま伝えてはいるが、それでも警戒はされている。一郎は仕方ないと思った。小山だって、はじめは警戒していた。

善行はペンを回しながら口を開く。

「将来。今日明日、皆で並んで戦死しているかも知れない我々には遠い言葉だ」

「確かに。でもまあ、実際運良く生き延びたあと、なんの準備もありませんでしたというのは困るんじゃないですか」

一郎の言葉を聞いて、苦笑する善行。内偵の言い訳としては落第点ですと、言いたそうだ。

「なるほど。それはそうですね。それにしたって、腕のいい人型戦車パイロットを派遣するなんて大盤振る舞いの気はしますが」

「どうでしょうね。僕より大人のほうが貴重品というだけかも知れません。戦争で大人は、すっかり見なくなりましたから」

善行はうなずいた。

「前線ではそうですね。なるほど。まあ、いずれにしても貴方は人型戦車を降りることになります」

「はい」

一郎は、本当にそうだったらどれだけ嬉しいかと思いながら言った。

実際には、降りることなど叶わない。あの偽物《にせもの》を、速水厚志を名乗る偽物を殺すまでは。名をはぎ取り、友の墓に名を戻し、一人僕が泣くまでは。

「残念ですね、と言うべきでしょうか？」

善行が尋ねる。一郎は微笑んだ。

「どうでしょう。今日明日知れないと言ったのは隊長です。僕もそう思います」

「そうですね。果てしなく悪い意味で、明日はどうなるかわかりません」

善行は真面目にそう言ってうなずいた。

「わかりました。着任を確認しました。ようこそ、５１２１へ」

「お手並み、拝見させていただきます」

善行は不敵に微笑み、一郎は帽子をかぶったまま敬礼した。

突然ドアが開き、瀬戸口とののみが入ってきた。

「いよう。新入りかい……、って」

見つめ合っていた二人を見て、瀬戸口は皮肉そうに微笑んだ。

「こりゃ失礼。そんな関係でしたか」と瀬戸口。

「空気がぴりぴりしてるのよ」ののみが続けてそう言った。

「まあ、男同士の愛情はそういうもんだ」やけに悟ったようなこと言う瀬戸口。

「ふぇ？」ののみはわかっていない
「悪いことを教えないでください。ついでに私は、女性好きです」

善行は湯飲みを持ちながら言った。

「……僕は、あの、小さな子とか好きです」

ぱぁと笑みを浮かべて一郎に近寄ろうとするののみ。その腕を瀬戸口が摑《つか》んで止めようとしたが摑み損ねた。

一郎を見上げ、小さい子だよ、とばかりに手をうしろで組み笑顔を浮かべるののみを見て、神楽とは違うなあと、一郎は苦笑してののみの頭を少しなでた。

鬼の形相で目を見開く善行と瀬戸口。

「お前の――」

「貴方《あなた》の――」

二人の声が同時に響く。

「あだ名は――」

「ニックネームは――」

「ロリコンだ！」

「ロリコンです！」

一郎はびっくりして善行（ののみの父親役1）、瀬戸口（ののみの父親役2）を見る。二人の目は本気だった。ののみだけはわかってない。嬉しそうに微笑んだ。

着任の挨拶《あいさつ》を終え、一郎は瀬戸口とともに司令室を出た。これからの職場に案内すると、瀬戸口は難しい顔で言った。ののみは厳重に瀬戸口に抱かれていた。

一郎は瀬戸口について裏庭を歩いた。瀬戸口は、まだ憮然《ぶぜん》としている。

変わった芸風だなあと、一郎は思う。小山さんたちともまた違う部隊の雰囲気。

抱っこされたののみが一郎を見て微笑んだ。瀬戸口はあわててののみを持ち替えて反対側に移した。察するに普段は人見知りの娘が一郎に懐くのが、ショックのようだった。

随分な警戒のされ様だ。内偵疑惑よりよほど厳重な疑われ方だ。今後の任務にも支障が出るかも知れない。ここは一つ、いらぬ警戒をされぬようにうまく話さないと……話題を変えよう。

「なんで、こんな小さな子が前線部隊にいるんですか」

あんまり話題は変わってなかった。一郎は自分の未熟さを恥じた。でも仕方ないだろうと、心の中で言い訳する。こんな小さな子が戦場なんて。僕はあっちゃんだって戦場に送りたくはなかったのだから。

瀬戸口は詰問口調の一郎に、かえって少し緊張を解き、口許を皮肉そうに歪めてみせた。

「拾いっ子さ。前線じゃ珍《めずら》しくないだろ。前線まで市電で行ける。戦場は町のど真ん中だ。全員が避難できている例のほうがずっと少ない。家族とはぐれたり別れたりして、孤児が出る。進軍すれば、瓦礫《がれき》の中で子供を見つけることもある。軍規だからって来もしない後方任せにしてその場に放置なんかできるもんか。お前さんは、それでも軍規だからって言うのかい？」

「言えません……でも」

一郎は言いよどんだ。

「なんだ？」

「小さい子が制服を着てたんで、ちょっと腹を立てました。すみません」

どこまで本音を隠すかを考えながら、結局全部本音で語ってしまった。バツの悪い気になったが、瀬戸口に抱かれたののみは、袖《そで》を引っ張って一郎に見せた。

「ののみはねぇ。この服大好きなんだ。みんなとお揃《そろ》いなの」

そう言って微笑んだ。瀬戸口は目をそらした。

「この子にかわいい服を着せてやれればとは思っている。いつも」

瀬戸口はそこまで言ったあと、黙って裏庭の整備テントを見た。

「お前はロリコンだが、そんなに悪いやつではなさそうだな。こっちだ」

裏庭を通り、整備テントにたどり着く。大きなテントは報告書にあったとおりだった。案内されるまま中に入る。テントの中はひんやりと涼しい。冷房かと思ったが、単に日陰で涼しいだけのようだった。

あちこちの部品や装甲が床に置かれ、乱雑に積み上げられた木箱の上では、いろんな猫が昼寝をしていた。

「ほら、新入りだぞお前さんら」

瀬戸口が言った。立ち話をしていた壬生屋と滝川、速水と舞、それに大木《おおき》妹人《まいと》が、一斉に一郎を見た。

「ふむ。よく来た」

ポニーテールの芝村舞は普通どおりにそう言った。

おつきというよりは、ついてきた従順な白馬という風情の速水は黙って頭を下げた。

「よろしくお願いします」

そう言い、頭を下げる、折り目正しい壬生屋。

「こいつらはパイロットだ。そこの道着女には気をつけろ。素敵な出会いを探しているらしい」

壬生屋は意地悪そうに解説した瀬戸口を、視線だけで殺そうとした。

一郎はなんと言ったものか困った。鼻に絆創膏《ばんそうこう》を貼った少年が先に口を開いた。

「パイロットかー。整備だったら良かったんだけどなあ」

少年はそう言ってため息をついた。一郎を手招きする。

「まあいいや。俺、滝川陽平《ようへい》。好きなアニメはバンバンジー」

「いいですよね。僕の先輩にバンバンジー大好きな人がいて、僕も詳しくなりました」

「おー。話のわかる先輩持って良かったな。いや。ここでは俺が先輩ってか。へへ」

滝川はそう言い、鼻の頭を指でこすったあと、笑顔で一郎の背をバンバン叩いた。

「バンバンジー好きな奴に悪い奴はいない。こいつ、俺たちの仲間だぜ、間違いない！」

どこかあっちゃんに似ているなと、一郎は微笑んだ。間抜けそうなところとか、似ている。

しかし、目の端であっちゃんの偽物が微笑んでいるのが気に食わず、複雑な気分になった。

豊かな黒髪を振り、そっぽを向く壬生屋。

「それは滝川くんの仲間という意味でしょう。私は簡単に認めたりはしませんよ」

「ええと、この綺麗な人は」

一郎のその言葉を聞いて顔を赤くした壬生屋が「まあ」と言って手に口をあてる。まんざらでもない顔。瀬戸口が一郎の尻をうしろから蹴った。かなり面白くなかったらしい。

「な……」

「お前のあだ名は女たらしだ」

瀬戸口は閻魔《えんま》の形相で言った。壬生屋と滝川が、お前が言うなと同時に突っ込んだ。

瀬戸口は涙目になりながら「だってこいつ……」と同意を求めた。

「素直でいいと思います」

壬生屋はキッパリと言った。それを聞いた瀬戸口は「俺が素直じゃないってか」と、涙をこぼしながら走って去っていった。

ため息をつく壬生屋を、舞が隣で見ていた。

「自覚がなかったんでしょうか」

壬生屋がそう言うと、舞は重々しく口を開いた。

「素直でいい、とは、あのタイミングだと意味深長だな」

三秒考え。顔を真っ赤にする壬生屋。

「違います。違いますからね。違うから。違うとき」

「活用なら少し間違っている気が……」

一郎の言葉に、とにかく違いますといって顔を両手で隠して壬生屋は瀬戸口と同じ方向に走り去った。

残された速水、舞、大木、一郎はその姿をただ眺めていた。ののみは猫と遊んでいる。

「行っちゃったね。すみません。自己紹介も十分にできずに。あの二人、仲が良いんですけど、ぶつかってばかりなんです」

速水の言葉に、どう答えるか迷う一郎。自分と小山のことを連想するが、そんな考えはすぐに消えた。目が泳ぎ、拳は固く握られている。殺意が湧く。これ以上、ないほどに。

一郎の内心をよそに、会話は続いている。

「ふむ。だがこれもまた自己紹介だろう。少なくとも部隊の雰囲気は、良く伝わったと思う」

その言い方が神楽に似ていて、一郎は舞を見る。この人が、神楽の年上の妹さんかと思った。確かに似ている。言い回しも、その瞳《ひとみ》も。偉そうな態度も。

それで一郎は微笑んだ。殺意をもう少しだけ、我慢できる気がした。

「なんというか、面白いところですね。ここは」

どうにかそれだけ言って、一郎は速水を見ないように周囲を見た。

だめだ、あの偽物をみるたびに、殺したくてしょうがない。

今まで黙っていた大木妹人が、腰の木刀に置いていた手を放し、歩きながら口を開いた。

「ああ、んじゃ、僕がみんなをまた集めてくるよ」

「大木君」

速水が言う。微笑む大木。

「大丈夫。なぜかわからないけどね」

身軽に走っていく大木。

「すみません。ほんとにみんな落ち着かなくて」

頭を下げる速水を見ながら一郎は、こいつの背中にカトラスを突き立てて怒鳴ることができたらどんなに幸せだろうかと考えた。

ののみが心配そうに一郎を見ているが、一郎は殺害の想像に夢中だった。顔をしかめたののみは走ってきて、一郎に猫を差し出した。

「これは？」

「ねこさんです」

「……ありがとう」

猫を受け取り、抱く一郎。白い猫がすりすりするので、一郎は思わず笑った。ののみも笑っている。舞は恥ずかしそうに五歩下がった。気になって一郎は舞を見た。

「あの、何か」

「彼女、かわいいものに触れると死んでしまう病気なんです」

舞に代わって速水がそう答えた。舞は素早く戻って速水の耳を引っ張って引きずるようにその場を離れて行った。一郎と、猫とののみが残った。

「ええと。整備の人たちは」

「おひるねです」

「お昼寝なんだ」

「うん。みんなよふかしさんでしごとをしてたのよ」

ののみはそう言った。

そうか、やはり整備は大変なんだなと一郎は思う。整備員は貴重品だ。それを大量に用意するのが強さの秘密と言われても、対応するのは容易ではない。

ののみは一郎を心配そうに見ている。白い猫がにゃーと鳴いた。猫とののみの視線に気づいて、微笑む一郎。ののみも微笑む。猫はごろごろしている。

ののみによってうまいこと殺意をそらされたなと思ったのは、並んで猫を抱いて一時間ほど経ったあとのことだった。

ののみというこの娘は、きっと部隊で一番の苦労人だな。

3

夕方。

一郎は整備テントの中で丸まって寝るブータ猫を横に、帽子をかぶってじっとしていた。さらにその隣には体育座りの、ののみがいる。

――時間がない。時間がない。でも、この部隊の強さはわからない――

猫のふかふかの毛をなでながら、考える一郎。ののみも難しそうな顔をしている。

――この部隊は普通に見える。秘密があるようには思えない――

秘密がないことは報告に虚偽がないということでいいことなんだろう。だがそれでは困る。彼らの強さの秘密が、あればと思う。

そんな秘密がなければそう、数の優勢を得た幻獣がある日攻めてきて、それで終わりだ。

不意に、黒い袋の中に小山を入れているイメージが思い浮かび、身震いする。

一郎は肩を落とし、小山のことを思った。もう会いたがってる自分が悲しい。おとなしく寝ていた猫が顔を上げて、迷惑そうな顔で一郎を見た。ののみは体育座りのまま、膝《ひざ》の間に顔をうずめている。

ここの猫は人の感情でも読めるんだろうか？　一郎は猫の額を揉《も》みながら、そんなことを考えた。

遠くから、でさあ、ホントですかーという複数の声が聞こえてきて、一郎は顔を上げた。

目に見えたのはたわわに実った胸……だった。整備がつけるツナギから、大胆な黒いレースのブラが見えている。その横には少々こぶりではあるが形のいい赤いブラと、そして浅黒い肌に白の巨大なブラ、それとかなりどうでもいいつるぺったんなスポーツブラ。

それが、一郎の目にした５１２１の整備部隊だった。ののみが猫を使ってあわてて一郎の目を隠したが、そんなことしなくても一郎は全力で背を向けて立ち上がり、敬礼していた。

尻を向けて敬礼する一郎。礼儀《れいぎ》を守るつもりでありながら、何もかもから間違った行為だったが、当人は至って真面目ではあった。ののみと猫も一郎を真似て敬礼した。

整備主任にしてショートカットのお姉さん、原《はら》が一郎のうしろ姿をじっと見る。

「尻よ」

「あの、先輩」

暑いとはいえ、この格好はなかったわと、赤いブラの森《もり》はあわてて胸元を隠しながら言った。

「若くて形のいい尻が落ちてるわ」と原。

「落ちてませんから」と森。

「拾うしか！」力強く言い張る原。

「やめてください！」食い下がる森。

「ナンデうしろ向いてるデスか？」

褐色《かっしょく》肌で白いブラのヨーコ・小杉《こすぎ》は、手で顔を扇《あお》ぎながら言った。この人物、背が高い。

「挿してくれと」意味不明な原。

「下ネタ禁止の方向で！」あくまで真面目は森。

そう言いつつ森は、素早く原と小杉の胸のチャックを閉めた。

「森さん、ボクは？」と新井木《あらいぎ》が自分を指さしながら抗議する。

「何がですか」と冷静な森。

「ほら、ボクも全開でブラチラしてるし」女としてのプライドが許さない新井木。

「はあ。じゃあ、その貧相なものをさっさと隠してください」合理的な森。

「貧相言うな！　こじんまりといえ！」ザブトン一枚な新井木。

「じゃ、ボクは、とか言わんといて！」キレる森。

一郎はその間も、鼻水が出そうな顔で敬礼を続けている。

——神楽ごめん。この部隊に秘密なんかないみたい——

ののみと猫はよくわからないので一緒に頭をかしげている。

「まあまあ、バカなやりとりはそれくらいにして」

原は爽やかに言った。整備の全員が狂人を見るような目で原をみている。

「もう振り返っていいわよ。貧相なものしか残ってないし」

「貧相じゃないよね、貧相じゃないよね！　ボク！」まだ食い下がる新井木。

「やめなさい。新井木さん。傷が深くなるだけです」原は容赦《ようしゃ》なし。

「うわ傷ついた。すっごい傷ついたよボク！」

「ひょっとして新人くん？」原はうしろから息がかかるように尋ねた。

「はい、そうであります！」

「なるほど。機体はないけどパイロットってね」

「はっ」

敬礼する一郎に、原はうしろから抱きついた。そして彼の頬を優しく指でなぞりながら、原は笑顔で言った。

「うちの小隊、整備が多いけど上には黙っててね。おねえさんとの、や・く・そ・く」

「は、はあ」

「それにしても、青いバナナのようなこの固い尻、なかなかね」

「先輩、やめてください！」

「うるさい黙れ」

騒がしい整備テント内に、宮石《みやいし》を連れてやってくる善行。

「放してあげてください」

善行がそう言った瞬間、原の腕に力がこもり、さらに強く一郎を抱き寄せた。

「いやよ。私がどこの誰と遊んでいても、もう貴方には関係ないでしょう」

「僕の部下をもてあそぶ限りはそうではありません。放してあげてください」

原は善行を睨んだあと、一郎の帽子を奪い乱暴にかぶると一郎を解放した。

「休憩終わり、行くわよ。整備再開します」

「あ、はい」

「いくデす」

「よっしゃー」

整備の三人が順に返事をする。

散っていく整備士たち見送ったあと、善行は一郎の手を取りながら、優しく口を開いた。

「すみません。彼女は君がロリコンなこと知らなくて」

「変な設定を僕に付け加えないでください」

「帽子はあとで取り返してあげます」

「いえ、あの、規則だからかぶってきただけなんで」

「まあ、いらないですよね」

「はい」

横目で一郎を見る善行。

「……どこか残念そうですが」

「黒髪の小さい子か、筋肉がついてないと残念ではありません」

「帽子の話です」

「帽子は、別に……」

「……別のことでも気になりますか？」

一郎は善行を見る。

「いえ。ひととおり挨拶が済んだようなので失礼します」

裏口からテントを出る一郎。

善行は表情を消したあと、ののみを連れて司令室へ向かった。


(神楽)

(通信は聞こえている。なんだ)

(分析ではわけがわからないで片づけていたけれど、善行の指揮能力が異常に高いというのは

どうだろう。計算できないくらいに、すごい指揮能力）

（証拠でもつかんだか）

（他に説明がつかない。どこを見ても普通なんだ）

（すぐに赤澤《あかざわ》、深澤《ふかざわ》を使って再分析する）

（うん）

（ふむ。しかし困ったな）

（神楽でも困ることがあるんだね）

テントの裏、鬱蒼《うっそう》とした裏庭の林の中で左手に埋め込まれた多目的結晶の通信機能を使いながら、一郎は微笑《ほほえ》んだ。

（困るな。善行は全軍の嫌われ者だ。出世させることも指揮をとらせることも困難を極める）

（でも、僕たちの計算より善行の指揮能力のほうが優れている可能性が高い）

（次善の策として、善行のやり方を分析してマニュアルを作って全軍を再教育するのに数年かかる）

（戦争が終わっちゃうよ）

（その場合、時間的制約から我々の負けで終わるな。わかっている。そなたはしばらく待機。すぐこちらから連絡を取る）

（わかった）

ため息をつく一郎。あっちゃんの偽物とすれ違うだけで、自分の心が擦り切れそう。小山さんに会いたい、神楽の隣で計算したい。

プレハブ一階左の整備控え室では、さっきまでの神楽と秋草のやりとりが再生されていた。舞がキーボードを叩きながら、音声を調整している。

聞き終えた原と善行は、並んで難しい顔をしている。速水は一応いるが、ブータ猫をだっこする係でそれ以上は何もやってない。

「以上がやりとりの全部だ。一二分前だな」

舞は静かに言った。

「相手の神楽さんというのは？」

「芝村の四姫。私の姉だ」

原と善行と速水が同時に驚く。

「私にも姉妹くらいはいる」

「……四姫というからには一の姫や二の姫がいるんでしょうね、やはり」

善行はあごひげをなでながら言った。

「そうだ。婚姻《こんいん》は芝村にとって武器だ。数は多いほどいい」

「芝村結婚しちゃうの!?」

速水が我慢できずに口を挟んだ。言われて速水を見る舞が、少し考えて顔を赤くした。

「わ、私は別に」

「ラブコメ展開はいいから。どうかしら、誘導役の善行さん」

「ほんとに分析に来てたんですね。盗聴器をしかけ役の原さん」

「分析役の私から言えば、とりあえず姉は情報収集に出ている。とりあえずはな」

腕を組む善行。

「お姉さんの狙いはなんでしょう」

「芝村の勝利。他は些末《さまつ》な話だ」

舞は堂々と言った。この人物もまた、頭の上を地軸が通っているかのごとく、つまりは自分を中心に地球が回っているかのごとく振る舞う人物であった。

苦笑する善行。

「さすが。傲岸不遜《ごうがんふまん》の芝村ですね」

「それがどうした」

眼鏡を指で押す善行。

「いえ、確認しただけです。単なる情報収集なら、提供してあげていいと思いますがね。員数外人員くらいは、ばれても銃殺にはならんでしょうし」

「あの」

「どうしたんですか。おまけの速水くん」

速水は猫を抱き直しながら言った。

「あ、はい。おまけですけど。えっと、数年後では遅すぎるという話を、あの人たちはしてますよね。それ、あの、重要じゃないかなと」

「重要かしら」

原は腕を組んだ。

「重要ですかね」

善行は眼鏡を押した。

「重要だろうな。つまりはこういうことだ。敵の大規模攻勢が近く、姉は焦《あせ》っている。焦る理由は要するに、負けるからだ」

舞は再生し直しながら言った。

「負けるのはいやですね」

善行は頭を掻いた。

「まったくだ。この点に関して芝村もそれ以外もかわりはない」

「さてどうしたものか」

「勝てばいいのよ。整備は私がするから、二人とも勝つ方法を考えなさい」

偉そうに原は責任をほうりなげた。善行は目をさまよわせる。

「上が自分のバカを認識したとして、改善は間に合わないというのはお姉さんがおっしゃるとおりだと思いますね」

「嫌われ者の善行を出世させるのも無理だと言っていたな」

「どうしましょう」

「ふむ」

腕を組む舞。速水が上目がちに周囲を見る。

「あの。おまけですけどいいですか」

「なんだ？　速水」

「醤油《しょうゆ》が足りないなら借りてくればいいんだし、あとで返せばいいと思うよ」

「何を言ってるんですか」

善行があきれると、舞は深くうなずいた。

「ふむ。確かにそのとおりだな」

「何ですかこのやりとり」

「ラブコメに決まってるでしょ。二人しかわからない秘密のサインよ」

「おやおや」

全然ひそひそ話になってないやりとり。舞と速水は顔を赤くする。

「三文芝居はやめよ」

舞はそういったあと、速水を見て小さくうなずいた。速水は誕生日とクリスマスが一緒に来たように微笑んだ。

「よろしい、ならば醬油を借りるように、権力を借りよう」

舞の堂々たる発言に、周囲が凍った。

「醬油を借りるように、権力を借りるって」

腕を組み、堂々とふんぞり返る舞。

「善行が権力を借りて、そうだな。この方面の戦争を指揮すればいい」

善行と原は、並んで呆然《ぼうぜん》とした。速水だけは、にこにこしている。

原と互いで目配せしあい、代表して善行が口を開く。

「何年かかると思ってるんですか」

「三日でやる、三週間で返せ」

「どうやって!?」

「またためちゃくちゃ言うわね」

片手を顔にかざし、それ以後の発言を許さない舞。笑う。

「芝村家にとって、負けるのは何にもまして屈辱《くつじょく》だ。芝村家ならな」

謎かけのように言ったあと、速水を見る舞。

「速水、そなたは秋草に情報提供を開始せよ」

「どんな情報?」

「向こうが欲しがるものはなんでもだ。我らの強さの秘密が欲しいと思うが」

「うちに秘密なんかあったっけ」

速水の言葉に、善行と原がうなずいた。

「私は思いつきませんね」

「整備に美人がいるとか」

「私がいる」

舞も乗った。ボケだけで誰もつっこまない。それゆえにどこまでもボケ続ける。それが5121である。

「……たぶん納得されないと思うけど、わかった」

速水がうなずく。

「納得できなくても従ってしまう。愛ね、これは」

「愛ですね」

原と善行の奥様戦隊トーク。速水はにこにこしている。

「僕は皆好きですよ」

笑ったあとで、困ったように自身の前髪に触れる速水。

「……でも、参ったな。わからないことをわかるように教えるって」

秋草は深い闇の中にいる。日が暮れてきていたのは確かだが、それ以上に悩みが深い。連絡を終えて戻って来た整備テント内では、士魂号の整備が行われている。先ほど姿が見えなかった、青い髪の少女や金髪の短パン少年、それに車椅子の人までいて、そうか、やっぱり員数外の整備がたくさんいたんだなと思った。

「見てのとおりなんです」

一郎は顔をこわばらせて声のしたほうに目を動かす。速水と名乗る、男がそこにいた。

「うちには員数外の整備がいます。結構たくさん。うちの部隊の、秘密です」

「……いいんですか。僕にそんなことを教えても」

「……これは若宮《わかみや》さんの言葉ですけど、報告書は書き方次第だそうです」

「取引ですか」

「いえ」

速水は頭を掻いた。

「違います。ただ、そうなるといいなと思っただけです。委員長は、ばれても銃殺にはならないだろうと言っていました」

本物のあっちゃんとは違う、笑顔、物腰、態度。

腹が立つ。腹が立って、仕方がない。偽物を見る。視線で人を殺せたら。

「編成を無視した命令違反までやって、そうまでして戦争したいんですか」

「……僕にはわかりません」

「何がわからないんだ」

しばらく考える速水。

「戦争をしないことが」

速水はそうつぶやくように言って士魂号を見つめた。そのまま言葉を続ける。

「戦わなければ死ぬんじゃないんですか」

「だからといって、速水厚志が戦わなければならないというわけではなかったはずだ。小山さんも、菊池さんも、神楽も、みんな……戦わなくても」

「でも、誰かは戦っているんです」

速水はそう言ったあと、右手を握る。士魂号があわせて手を握った。

一郎はそのシンクロを凝視する。

「誰かに押しつければいいのかって、舞は言います。率先したほうが、皆でやったほうが、嫌なことは早く終わるんではないかと」

「君は脳を直結してるのか。戦車と。それが強さの秘密なのか」

「違います」

整備士たちが士魂号の指に掴まる。速水は右手を動かして、静かに整備士たちを胸の部分から足下に下ろした。整備士たちは笑って士魂号をなでたり抱きついたりしている。

「ただ、〝仲間〟というだけです。この子が僕を見て真似《まね》てくれているだけです。士魂号《このこ》たちだって、戦わなければ死にます」

下ろした士魂号の手に、猫を抱いたののみが近づいている。士魂号の鋼の指先が、優しくののみの髪に振れた。ののみはくすぐったそうに笑っている。

速水は脳の直結を否定するように腕を組んだままだった。目を大きく開け、士魂号と速水を同時に視界に収めた。

——人型戦車が、ミリ単位で動いている？　まるで意思があるよ……にあるように？——

バカなと、一郎は考える。人型戦車の制御系には戦死者の脳を再利用しているが、自我などは切ってあるはずだ。

速水は静かに言った。

「みんなみんな、生きているんです。生きるために戦っているんだ」

4

（神楽）

舞は整備控室の通信機の前で、神楽は五高《ごこう》の応接室で、それぞれ腕を組んでいる。

（舞か。秋草の通信回線を乗っ取ったな）

（本人は気づいていない。すぐに返す。私に用があるかと思い、連絡を取った）

（そなたに用はない。だが５１２１小隊には用はある）

（５１２１の強さか）

（そうだ。人類がどうあろうと知ったことではないが、芝村が敗北するのは我慢できない）

（同感だ）

（我らから逃げだしておいてよく言う）

（逃げたのではない。お前たちが間違ったのだ）

神楽はおもしろくなさそうに、ウサギのぬいぐるみに八つ当たりした。

（……いずれ、そなたとの決着はつけるとして、わざわざ回線を乗っ取ったのは情報提供のためだろう）

（そうだ。私に考えがある）

（実際にやるかは私が決める。姉である私が）

（他人の決断には興味がない。私は私の全力をあげる。それだけだ）

（芝村な物言いだ）

（芝村だ）

神楽は転送されている旨《むね》を示すＰＣの画面表示を見る。

（データを受け取った。善行の指揮力、パイロットの優秀性、整備の実力がうまく嚙《か》み合ったときの相乗効果。確かに理解できる）

（個々が優れているわけではない。だが皆が組み合わされれば別だ。私もまた、その組み合わせの一部だ）

（我らもまた世界の一部か）

（敵もまた、おそらくは）

舞は静かに、優しく言った。神楽はしばらく画面を眺めたあと、口を開く。

（５１２１を中心に、それを拡張する形で大集団を作るのは難しい。善行の出世がネックになる）

（善行でない人間が命令してもいい。善行の命令で皆が動けばそれでいい）

（……相変わらず無茶を言う。少し待て）

（待たぬ。速水が会話を打ち切った。こちらも切る）

（わかった。了解する。芝村は勝つ。たとえ不出来の妹と組んでも）

舞は芝村的な笑みを浮かべた。世界を征服する少女の顔。

神楽は芝村的な笑みを浮かべた。世界を支配する少女の顔。

五分ほどして、速水は頭を掻きながら舞の前に姿を見せた。

「ごめん、なんか失敗したみたい」

「そうなのか」

しょんぼりして速水は言う。

「怒らせたかも」

「そうは見えなかったが」

「そうかな」

「そうだ。そなたを行かせたのは正解だった」

舞はいたって冷静に言う。速水はうれしそうに、だが次にはしょんぼりして言った。

「でもあの人は僕を憎んでいたようだった」

「兵器を憎んでいるだけだ。人を憎んでいるようには思えない。だからそなたは大丈夫だ。ついてまいれ」

速水は舞を追いかけながら、心の中でつぶやく。

――じゃあ、憎まれても仕方ない――

速水の落ち込みを気にしてか、舞は顔を向ける。

「熊本城にオリジナルヒューマンの遺跡が見つかった。ということにする」

「え？」

「遺跡は幻獣が長年探しているものだ。意味はわからぬが、この情報を得るために、随分の敵味方が死んだ。拷問《ごうもん》で、戦闘で、な」

「……そうなんだ」

「人類がどこまで摑んでいるかを示すのは敵に手の内をさらすようなものだ。それでこれまで利用してこなかったが、今回それを利用する。情報を流せば、幻獣は99%嘘だとわかっていても全力で攻撃をせざるをえないだろう」

「わざと攻撃させてどうするの」

「敵と戦う。我々は熊本城で敵と戦う」

「いつもと同じだね」

「そうだ。生きるために戦う。何を利用しても、どうやってでも、だ。今回は陣地を取り合うための戦いではなく、敵を殺し、減らすための戦いを行う」

「わかった」

速水はうなずいた。どうあれ舞の進むところ、自分も進むのみだと思った。舞は横目で速水を窺ったあと、少し優しく言った。

「そなたは私を疑ってもいい」

「疑わないよ」

微笑んで言う速水。舞は少し顔を赤くした。

「なぜだ」

「なんとなく」

「人は私に疑いを抱くものだぞ」

「僕は……人かどうか怪しいから」

速水が顔を上げると、なぜか舞はすこぶるおもしろくなさそうな顔をしている。

「あれ、なんで怒ってるの」

「そこは違うといいたい。そこでの応答正解はもっと別のはずだ」

「……？」

「もういい。今後この種のことは一生言わず私は生きていく！　冬の嵐のように！　あるいは荒れ野に吹きすさぶ風のように」

「え、え？」

舞は顔を赤くして横を向いた。速水は右往左往した。

5

翌日。

目が覚めて一郎は見慣れぬ天井をしばらく眺めたあと、意識をはっきりさせて急いで着替えなければと思いつつ、のろのろと着替え、そうしてゆっくりと新しい職場である５１２１へ向かいはじめた。

気分が乗らないし、会いたくない奴もいる。転属二日目でもう、原隊の皆や、小山が恋しくなっていた。

しかしこれは、復讐《ふくしゅう》のチャンスなはずなんだ。ずっと待っていた、復讐の。

そう自らに言い聞かせ、走る木炭バスの隣を歩いていく。

この数カ月、ずっと本当のあっちゃんのために、死んで、名前や戸籍《こせき》も奪われた速水厚志のために生きてきた。上層部に訴えても一切黙殺し続けられたことに腹を立て、遺族に話してもよそよそしい返事しか来ないことに悲しみを覚えた。誰かが偽物を守っている。それも、強大な権力を持った何かが。

それでも。一人ぐらい誰かが、僕が、本当のあっちゃんの味方をしないと、可哀想《かわいそう》じゃないか。

歩く、歩く。自分に気合を入れる。

5121に行きたくないのは偽物がそんなに悪い奴でないことを確認してしまいそうだから。それは考えてもいなかった事態だった。この件に悪い奴が居なかったら？　そのとき死んでしまった本物のあっちゃんの魂《たましい》は、どこに行ってしまうんだろう。

顔を上げると校門前に、横を向いて腕を組んだ小山が立っていた。一郎が走り寄ると、顔を赤くして、小山はもっと横を向いた。

「小山さん」

「ああもう、なんて顔してるのよ。バカ。まだ喧嘩してるつもりだったのに」

「でも、学校に来てくれたんだから喧嘩は終わりでいいんじゃないのかな」

そもそもなんで喧嘩したんだっけと一郎は思う。小山の横顔を見る。よく日焼けした顔。元気そうだ。見つめていると、顔を真っ赤にしているのが恥ずかしいのか、鼻から下を両手で覆った。

「ち、ちが」

「違うの？」

そう言ったらダメージを受けたように、小山の上半身が大いに揺れた。ああもう、と二度目のうなり声をあげて、一郎の頭に抱きついた。

「何があったかわかんないけど、アンタ頭いいんだからどうにかしなさいよ！」

「そうだけど」

「初めて会ったときは、すっごい落ち着いてたじゃない。あんとき、ちょっといいかなと思ったのよ」

「ごめん」

一郎の頭を抱きながら、こんな奴とは思ってなかったとかなんとか言いながら、小山は優しく、一郎の髪をなでた。

「ああもう、いいから頑張りなさい」

「何を？」

「何でもいいから。ようは、アンタが元気なら、私はそれでいいんだから、満足なんだから」

自分に言い聞かせるように、小山はそう言った。一郎はちょっと笑った。

「そう言えば授業は」

「急いで行くわよ」

小山は一郎の頭を放したあと、迷うように動いたが、結局何もしないで歩いて行った。

気分的な意味ではなく暗くないとダメだったかなと、一郎は思う。小山の唇《くちびる》の感触を思い出し、一郎はそれで、やる気を出そうと考えた。

6

もともとは用具入れだった司令室は小さくて狭い。そこに事務官であるピンク髪の少女加藤《かとう》と善行と、舞がいる。すでに満員の風情である。何が話し合われているのか加藤はうしろを気にするが、直接うしろを見ることはできなかった。それを許さぬ、物々しい雰囲気があったのである。

舞は司令席の前で立ったままふんぞり返っている。善行は椅子に座ったまま日本茶を飲んでいた。

「善行」

「なんでしょう」

「お前がもし日本全軍の指揮官だとする」

「大きく出ましたね」

「仮定の話だ。熊本戦線が崩壊しそうな今、状況をどう打開する？」

「そうですね……」

しばらく考える善行。茶の湯気をあごにあて、さらに考えた。加藤はそっと立ち上がった。

「まあ、戦争するんですけどね」

善行は少し恥じ入るようにそう言った。それを聞いて、舞は鼻息をひとつ。

「そこは恥じるところではない。どう戦争するかだな。それが問題だ」

「熊本を抜かれると本州での戦いになります。そうなれば日本の生産力は移転だ避難だ、労働者の動揺はといった諸処の理由で激減します。結局はその生産力減が日本にとどめをさすでしょう。熊本要塞を時間稼ぎに使うのではなく、最前線として存続させ続けるのが一番だと思いますよ。結局ですね、上は全般として負けることを前提にしているからいけないんです。うまい負け方を追求しても、それは勝ちではない。そういう風に思います」

「そのためにどうする？」

「まあ、戦争するんですけどね」

重ねて善行は照れた。解決法が戦争しかないというのを、善行は恥じているようではあった。舞はそれを無視。加藤はドアの前に立っていぶかしんでいる。

「どう戦う」

「敵をただ倒します。効率よく、大量に、ですね。この際人類側がどれだけ土地を解放したかは問題ではない。どれだけ殺したかが、テーマになります。古代の戦争のように、ですね」

「そこまでは私も同じ結論に至っている」

「人類同士の戦いですが、スターリングラードの戦いというものがありました」

「スターリングラードの街を攻めたつもりが、逆に包囲されて大量の捕虜《ほりょ》を出した」

「そうです。まあ、今度の敵は捕虜にならないでしょうから、史上最大の虐殺大会になるでしょうが」

舞は僅かに失望の顔を見せた。

「熊本全域を包囲するだけの戦力があれば、とっくにやっている。そこで姉も私も、手詰まりしている」

「なるほど」

「どうする？」

「僕は芝村家ではないので、理想はそこまで高くありません。実際のところ、熊本戦は中央や我々現場の予想も超えて粘っています。我々は八代《やつしろ》の戦いで大きな損害を受けましたが、これは敵にとってもそうだったのかも知れません。具体的には敵だって戦力不足だし、ようやく攻勢に踏み切れるだけの回復ができた程度ではないかと」

善行は眼鏡を拭き、眼鏡をかけ、そして苦笑した。

「要するにですね。そんなに壮麗《そうれい》な勝ちでなくていいのです。今の現有戦力でやれる、その程度の包囲戦で十分だと思いますが。それでおそらく敵はまた戦力回復期に戻ってしまうでしょう。そうすれば今度は人類側が先に回復に成功する。形勢は逆転しますよ」

「我ら芝村は理想が高すぎるか」

「そう思います」

「なるほど。次から気をつけよう。ではその、小さなスターリングラードの戦いだが、どこでやる」

「民間人のいないところで戦争したいですね」

顔をあげ、眼鏡の横から舞の表情をうかがう善行。加藤はドアの前で小さく手を振った。

「ふむ」

腕を組み、考える舞。口を開く。

「人のいないところには覚えがある。幸い近くだ。そこで戦争しよう」

「敵が乗ってきますかね」

「戦争する価値を作ればいいんだ」

「それはお任せできますか」

「まかせるがいい。敵は必ず、熊本城に群がる。可能な限りの戦力を動員してな」

髪を優しく振って言う舞は生の輝きに満ちている。善行は頭をかかえた。ドアを開けようとする加藤。

「……あそこは熊本の誇りというかシンボルというかみんなの心の支えだった気がしますが」

「価値観の転倒だ。あれは戦うための建造物だ」

舞は明日の世界の帝王のように言った。

「……本来の用途に戻せ、ですか」

「そうだ」

「歴史の遺物を、人が生きるための道具に戻してやれ。それが幸せだ。道具の」

そのときものすごい音がした。加藤が開けたドアに、ドアの前に立っていた速水が頭を打ち付けていた。速水は泣きそうな顔をしてそこに立っている。

「芝村　せ、整備だよ　行こう」

「もうそんな時間だったか。わかった。善行、頼んだぞ」

「やれやれ。私の部下はどうにも使いにくいのばっかりだ。せめて私と馬の合う上司くらいは用意してくださいよ」

「安心せよ。姉はああ見えて気が利く」

微笑み、堂々と去って行く舞。

速水は善行をちらりと見たあと、舞を追った。追いはしたが横には並べない。速水は悔しそうな悲しそうな顔をしている。舞との距離が遠い。

舞は振りむき、少し待つ。いつもどおりの顔。速水は顔を見られないでいる。

「何の話をしていたの」

「例の計画だ」

「あの……戦い？」

「そうだ」

「道具は、道具のほうがいいよね、やっぱり」

「そなたのことではない」

「ごめん」

速水は立ち聞きがばれたという顔で、涙を浮かべて逃げた。

呆然と速水を見送り、しばし考える舞。速水の、あまりの可憐《かれん》さに頬を染めたあと壁を蹴った。

「そなたのことでないと言ったのに」

速水は走る。涙が風に飛ぶ。前を見ずに走ったため人にぶつかった。鼻の頭を赤くして涙目の速水はぶつかった相手を見上げた。

一郎だった。一郎はびっくりしたあと、動揺する。

なんだってこんなに無防備に泣いているんだ?

何か言おうとして、おそらくは思うことと全然違うことを言った。

「走るのはいけないね」

「すみません。すみません」

速水は泣いている。涙を隠さず、隣をすり抜けようとしている。

一郎は難しい顔をして手を伸ばし、速水の腕を掴んだ。それから深いため息をついた。

「顔、拭かないと」

一郎の顔は苦々しい。

事態は動いていた。5121の司令室の通信機が鳴ったのは一〇分後である。

善行が通信機の前に座ると、神楽が映る。

『私だ』

「今日は潰れたトカゲ顔ではないんですね」

『あとで銃殺にしてやる』

「冗談です」

『芝村に冗談はない。熊本城作戦に必要な兵器は？』

「人型戦車を　可能な限り」

『人型戦車を　可能な限り』

神楽は善行からの要望を復唱して、電算室の皆に伝えている。赤澤と深澤はキーボードを叩いて照会する。

「M型はとっくに量産終わってて……そもそも量産数量が少なくてですね」

深澤の難しい顔。

「全部だ。運用部隊も集めろ」

「フィリピン兵団までいれて一二機です」

赤澤が報告した。深澤は少し考え、キーボードを叩き直す。

「故障して動かなくなっている機体が他に一四あります。修理すれば半数は使えるかも」

『よし。二〇機用意する』

通信機に向かって言う神楽。善行は目を細めた。

「弾薬と予備部品が必要ですね」

『存分に用意してやる』

「話のわかる上司がほしいです。あと、数は少なくてもいいので人型戦車との共同運用になれた歩兵部隊」

『歩兵は』

神楽は小山や菊池などの写真を見る。写真を見せたのは對馬だった。

『直ぐ用意させる。中隊規模だ。上官についてだが鈴木銀一郎海軍少将がお前と同じように陸軍の階級章をつけて戦う。大佐だ』

「おじいちゃんですね」

『お前を嫌っていない数少ない高級将官だ』

「私も尊敬していますよ。わかりました。それでいきましょう」

その言い方が癪《しゃく》に障《さわ》ったか、神楽はうさぎのぬいぐるみを壁に叩きつけながら口を開いた。

『お前は妹に似ている』

「それは驚きですね。どこが、ですか。豊かな髪、ではないですよね」

『他人の苦労などまるで考えていない』

「一応言っておきますが、私はわかったうえで言ってますからね」

『より悪質だ。まあ、この期に及んではそれもよかろう。勝て。それだけだ。大統領ほかは動かしてやる』

「ありがとうございます」

通信が切れる。切れたあと、善行は何食わぬ顔でさめた茶を飲んだ。

「大統領か。そりゃまた大きな話ですね」

善行の感想はこれだけだった。彼はこの日から熊本城の地図を延々眺めることになる。

速水も一郎もハンカチを持ってなかった。二人とも基本的なところで身だしなみがしっかりしていない。速水の涙を拭く物を持たぬ二人は、それをごまかすためにいたしかたなく、水場で速水は顔を洗っている。

気まずそうに顔を洗うふりをする速水を、一郎は待っている。こんなつもりではなかった。こんなつもりではなかったが、子供のように涙を浮かべて走るのが、本物の速水厚志とかぶって見えた。

「なんで泣くんだ」

「……泣きたくて泣いたわけじゃないんです」

一郎はどう言おうか考える。偽物は、思ったよりずっと繊細《せんさい》だった。

「理由だよ」

「それは……」

舞が怪獣のような歩き方で目の前を横切っていく。速水は一郎のうしろに隠れた。

盛大に前しか見ていないのだが、これでも舞は速水を探しているつもりであるらしい。

一郎はそれで、事情を察した。困ったなと頭を掻く。

「いじめられた？」

「違います」

「……まあ、そうだよね」

「……」

速水はつらそうに足下を見る。

「好きなのかい」

「……尊敬してます。どんな人より」

「好きなんだろ」

いじわる、という目で速水は一郎を見た。一郎は難しい顔をする。偽物は乙女のようだ。

「……そんなことないです。僕なんかが……好きになっていい人じゃない」

「芝村の人は気にしないと思うけど」

ぶわっと涙を浮かべる速水。一郎は参ったな思う。速水の目から涙がこぼれた。

「道具だから。道具は道具に戻るべきだし、立ち聞きするなんて知られたし」

「えーと」

速水は水で顔を一生懸命洗い出した。一郎は頭を掻く。

「強いお姉さんに鍋でもおごってもらえればいいんだけどね」

それだけを言った。

同日夕方。

緊急でプレハブ校舎前に全員が集められている。普段は猫が入っている、みかん箱の上に乗る善行。

「えー。本日から我々の出動はなくなります。次に我々は編成を離れ、警備部隊に移りました」

同時に部隊全員が首をかしげた。警備部隊は歩兵の仕事である。

「人型戦車をもったまま、ですか」

中村《なかむら》という整備士が難しい顔で尋ねた。

「そうです。それ以上は軍機につき教えられません」

善行は静かに言った。

部隊の面々は怪訝《けげん》そうに顔を見合わせたが、それ以上は何も言わなかった。

緩くてもそこは軍隊である。否、聞いても答えはまともにかえってこないであろうということは、よくわかっている。

噂話に花が咲くだろうなぁとは、善行の考え。眼鏡を指で押して口を開く。

「それと、明日から予備機と、他の作戦機が来ます」

「四番機以外に？」

原が腕を組んで言った。

「ええ」

「整備の手が足りないわよ」

「出動がなくなれば、今までの機体は手がかからなくなります」

善行の言葉に、事務を担当するピンク髪の加藤祭《まつり》という少女が口を開いた。

「訓練はするんでしょ？　それなら同じことや」

「一〇日はやりません」

整備長の原は腕を組んで考える。

「……一〇日ね……それで、その間に何機を仕上げるの？」

「二〇機」

「無理」

無理なことは無理というのが５１２１である。この部隊では堀立のように自殺を覚悟したりはしなかった。善行はうなずいて言葉を続ける。

「整備員の応援が一二〇人。秋草くんの機体は四番機にします」

良かったなと、我がことのように滝川が喜んで一郎の肩を叩いた。まだ速水に付き添っていた一郎は、返事に困る。

「使える人材なんでしょうね。それと、わかってると思うけど、ここじゃ無理よ。そんな大所帯」

「ええ。そうですね。そこで臨時整備所を用意してもらいました。場所は熊本城です」

「熊本城」

今度こそ皆が呆然とした。熊本市の中心部にある城は、場所が場所だけに一番安全なところと目されていた。

「なんであんなところに」

うめくように大木が言った。

「手近な場所が他になかっただけです。質問は禁じます。他には？」

全員がうなった。質問は禁じられているのだから当然だった。善行は微笑んだ。

「では解散」

解散を宣言し、善行はさっさと司令室に戻ってしまった。互いの顔を見合わせる内に、原が手を叩いて整備士をまとめ、こちらも整備テントに戻って行った。

随伴《ずいはん》歩兵と事務と、パイロットたちが残った。今すぐ仕事がないのだった。

「あー、事務、忙しくなりそうやわ」

ピンク髪の加藤は、そんなことを言って笑った。

「ま、扱うものが増えるのはええことや」

「忙しくなるんじゃないの？」

まだ洟《はな》をすっている速水に付き添いながら、一郎は尋ねる。目を細める加藤。

「そら忙しくなるわ。でもな、扱うものが増えれば、ちょろまかしや故障と称してストック作るとか、そういうことができるんや」

思いっきり悪いことじゃないかと一郎は思ったが、加藤の顔は仕事に燃える女のそれであった。

「うち、頑張って皆が飢《う》えたり弾不足になったりせえへんようにしたるさかいな」

やり方は褒《ほ》められたものではないが、いい人だと一郎は思った。が、こういう〝いい人の仕事〟が、日本軍の補給を一層圧迫しているのは間違いないとも思う。

「何？　何か言いたいことでも？」

「ああいや、えーと加藤さんは大阪の人なの？」

「ううん？　生まれも育ちも肥後っ子よ？　でもほら、関西の言葉って、明るくなるような気がするねん。ちょっとでも部隊をな。ぶぉーと、ぶぉーと」

ぶぉーってなんだろうと思う間に、滝川が速水を見た。

「何、また泣いてるの？」

「よく泣くの？」

新参者にとって、５１２１はわからないことだらけだった。滝川はしょうがねえなあとか言いながら、ハンカチを出して速水の顔を拭いている。滝川が、自分や速水より身だしなみに気をつけているようで、それが一郎にはショックだった。自分より下というか、互角だと思っていた友人に追い越された気分。

「泣く泣く。こいつパロットの腕は悪くないんだけど、泣き虫でなぁ」

「泣き虫なんだ」

偽物は乙女で泣き虫だった。できるならそんなことは、知りたくなかった。

一郎は怪獣のような足取りで遠ざかる舞を見る。あれは神楽もたまにやる、機嫌が悪いときの癖だ。

「ちょっと行ってくる」

「へーい」滝川がナマ返事を返した。

一郎は、自分のやっていることがよくわからなくなっていた。なんでこんなことをしているんだ。うまい言い訳を考える。これはそう、気持ちよく復讐するための準備なのだと。

「舞さん」

舞は立ち止まった。ファーストネームで呼ばれても、特に気にしないようではあった。芝村ではどの芝村かわかるまい、とか神楽も言っていたなあと思い出す。

「私が何をしたと言うのだ」

舞は足を踏み鳴らした。本当に姉妹そっくりだなと一郎は思った。

思ったついでに、事実に気づいてしまった。おそらく偽物の詐称《さしょう》を庇《かば》っているのは、この芝村だ。神楽が、復讐したいと言った僕に打算で生きろと言いながら手伝ってくれるように、この芝村も同じような論理《ロジック》で動いている。

「君は悪いことはしていないと思うよ」

「でも、あれは泣くんだ。私は……」

「心配なんだね」

舞は顔を赤くした。一郎は微笑んだ。

「まあその、工夫の余地はまだあるんじゃないかな」

舞は傾いた。深刻なダメージを受けたように見えた。

「努力はしている。だが、根本的に私には向いてないのだ」

「強引でもなんでも、鍋でも食べさせればいいと思うよ」

「なぜ鍋なのだ」

頬を掻く一郎。小山がはずかしそうに横を向いている気がした。

「経験かな。まあその、僕が言うことじゃないかもしれないけど、諦めちゃダメだと思う」

舞は思慮深くうなずきながら、面白そうに一郎を見た。

「ふむ。優しくしろでもなく、うまくやれでもないのだな」

「うまくできたらもうやってるよね、優しくしようとはしてると思う」

「だから諦めるな、か。わかった。心する」

そういう言い草まで神楽によく似てる。そう思いながら一郎は離れた。ネクタイを緩めながら、皮肉を思った。芝村はいつも親切だ。敵にも、味方にも。

歩きながら、死んで名前すら奪われたあっちゃんを思う。

僕はどうすればいいんだろう。

第五章

1

翌日には、続々と人型戦車が搬入されてきた。一番最初に来たのは、真っ黒な複座型だった。

「うわ、悪そう」

滝川《たきがわ》の意見はわかりやすい。

一郎《いちろう》は苦笑しながら、追いかけてきた機体をなでた。操縦室の中に入る。神楽《かぐら》の匂いが少しして、それで一郎は微笑《ほほえ》んだ。

「すみません。原《はら》整備長、僕、この機体を使いたいんですが」

一郎がそう言うと原は遠くでうなずいた。どうせ全部を整備するので、多少の我儘《わがまま》も許されるようだった。機体を叩き、良かったねと言った。コクピット下から滝川が声をあげた。

「何お前、隊長機《CAG》使うんじゃないの？」

「こっちの機体の方が慣れているんだ。もともと僕が使っていたから」

「そっか。ペアも一緒に来れればよかったのにな」

滝川はせっかくの後席が空席なのが残念そうだった。一郎も残念だったが、この戦い、移動計算基地としての能力は使わないだろうと考えていた。

熊本城は広いとはいえ、それは中世の基準での話。現代の基準では高度なシミュレーションも強力な通信機能も、必要ない。管制機能を備えた電子戦機ではなく、ただの人型戦車として使うことになるだろう。

いっそ単座に乗り換えるという選択もなくはなかったが、一郎は０１０１と縁の深い、この機体を使うことを選んだ。

「なんで黒いんだ？」

滝川は艶《つや》のない黒い機体表面に触れながら一郎に尋ねた。

「実験だよ。夜戦用の」

「昼はどうすんだよ。これ、目立ちすぎるだろ。敵のレーザーの反射は？　これだと防御力下がらない？」

「レーザー反射については誤差程度の差しかなかったね。大気の状態のほうがよほど寄与率が高いという実験結果だった。それと、昼はどうするか、だけどこの機体は強力な計算力や電子装備があるから、夜戦での司令塔を期待されてね。もともと夜戦専用部隊に配備されるはずだったんだ」

「はずだったか。そりゃそうだよな。日の半分使えないんじゃもったいないや」

滝川は笑った。一郎も笑った。

滝川と話をして、思ったよりずっと機体にも運用にも詳しそうなことに驚きと共感を持ちつつ、一郎は笑顔で操縦席から顔を出す。

「そうだね。まあ、黒は僕の好きな人の髪と同じだから、これでいくよ」

神楽と小山《こやま》を思って、一郎は言った。うなずく滝川。

「ああ、あの校門の？」

一郎は慌てた。どの部隊でもそうだが、この部隊でも噂《うわさ》は速い。

一郎を含む5121小隊の面々は、三日で熊本城に入った。

天守閣《てんしゅかく》の横を整備場とし、他の人型戦車部隊が続々と入ってきた。堀立《ほりたて》や深澤《ふかざわ》の姿が見えて、一郎はちょっと喜んだ。小山や菊池《きくち》の姿も探したかったが、熊本城全域での戦闘を想定した訓練に、忙殺されていた。

2

六日めには名目上の指揮官がやってきた。

やってきて善行《ぜんぎょう》から兵力配置図を貰い、言った言葉は、しかしこれは兵力が少なすぎないかねというものだった。この一言だけで、この名目上の指揮官は、名目以上に活躍しそうだと善行を喜ばせた。

名目上の指揮官の名前を鈴木《すずき》銀一郎《ぎんいちろう》という。この時六三歳で、前線指揮を執る指揮官としては海兵どころか陸軍まで見ても最長老と言ってもいい年齢だった。この人物、海兵としては少将の立場ながら、陸軍を良く支援して感謝され、陸軍から大佐の名誉称号も貰っている変わり種である。銀髪で銀爺《ぎんじい》などと言われることもある。

彼は福岡でかき集められた女学生と、とっくに後備徴兵年齢をもすぎた老人の混成部隊を引き連れて、熊本戦線で戦っている。

日本政府が本土決戦を名乗る以上、海軍歩兵が熊本で戦ってないのはいかがなものかという政治的都合で集められ、投入された部隊であった。

経歴的には輝かしいがとっくに盛りを過ぎたと思われる彼は、同じ海兵出身の善行を高く評価する数少ない高級将官だった。この時期の熊本では唯一無二《ゆいいつむに》といっていい。理由は同じ海兵だからではなく、善行の戦いぶりに何度か危機を救われたからだった。

同じく善行に危機を救われたのに悪態をつく高級将官が多い中、彼のような人材はきわめて珍《めずら》しいものといえた。

彼は着任後二時間で北熊本にある上級司令部に、兵力が足りないと文句と直談判に行った。

ところがこれは、失敗に終わった。

「どうか何も言わずに、引き受けてください」

親子ほども歳の離れた年下の上官、佐藤《さとう》中将に丁重《ていちょう》にそう言われたのである。しかし、鈴木銀一郎も、食い下がった。

「引き受けると言っても。守れと命じる割に守るには兵力が足りないじゃないか。戦車が足りんのはまあいいとしよう。だが歩兵が全然足りん、とにかく足りん」

「そこをどうにか」

「戦争は数学だよ。気合いでやるもんじゃない」

佐藤中将は沈痛《ちんつう》な面持ちでうなずきつつ、そこをどうにかと繰り返した。政界に転じる噂もある彼は鈴木の元部下である。大統領とも親しいとされ、鈴木は佐藤をかわいがる一方で、政治色が強いのは軍人としてどうなんだろうと思ってもいた。

ため息をつく鈴木。どうにもこれは、らちが明かない。もう五時間は話をしている。

「他にも命をかけて戦う将官はいると思うが、なぜワシなんだね」

「申せません」

「軍の意向ではないんだね」

「申せません」

佐藤は頭を深く、土下座するように言った。それで鈴木は、戦死することを決めた。

「わかった。お国のために死のうじゃないか」

「ありがとうございます」

佐藤は地面に頭をすりつけて言った。

鈴木はうんざりとして立ち上がる。

「年寄りはともかく、これからの若者を殺した罪は重いぞ」そう言って上級司令部を去った。

覚悟しておりますと言わんばかりに、佐藤は下げた頭を上げることはなかった。


今さら死んで英霊《えいれい》になっても、惜《お》しむことは二重年金が一本化されて遺族年金になるくらいだが、せめて意味ある死になって欲しいものだ。鈴木はそうつぶやいた。熊本城に戻ったのは深夜になってからだった。

彼は天守閣横の仮設司令部で善行の出迎えをうけつつ、苦笑い。

「この調子では陸軍でも中将になれそうだね」

「なるほど、ということは余禄《よろく》で僕は少佐になれそうですね」

善行はそう返した。共に戦死後の二階級特進の話をしている。

鈴木は笑ったあと、真面目な顔をした。

「君は生きてこのあとの苦難に立ち向かわねばならんよ」

「まあ、だいぶ無茶な状況ですが、がんばります」

「うん。で、一階級進級で我慢したとして、その成算のほどは?」

「まともに勝つには歩兵も砲兵も足りませんね」

「花岡山《はなおかやま》に砲兵陣地を作ると言ってるが、昨日人を見に行かせたが影も形もない」

「遅れるのはいつもにしても、今回はきわめつきですね」

「そうだな。究極的解決手段かな」

「たぶん」

究極的解決手段とは、核である。熊本城に敵を集めて捨て駒もろとも吹っ飛ばす。そういう作戦の匂いを、鈴木も善行も感じている。

鈴木は目をしょぼしょぼさせていった。

「君は戦車隊なんだから機動力はあるだろう。タイミングを見て、な。若者が死ぬのを減らす努力を頼むよ」

「最善をつくします」

善行は微笑んで敬礼すると、退席し、三〇メートルほど先の仮設整備場のところに戻っていった。

「どうだった？」

原《はら》と舞《まい》が、腕を組んで待っている。

折りたたみの机を出して事務作業するのは加藤である。戦闘の直前だろうと事務作業が消えるわけではない。

「戦術核か丸特兵器ですね」

「我が姉ながら手段を選ばんな」

舞は特に感慨《かんがい》もなくそう答えた。

「まあ、幻獣《げんじゅう》に勝つためですか、それとも」

「余計なお世話ですね」

「まったく姉は私を殺したがっている。親切としてな。一緒に片づければ手間も減る」

「まったくだ」

舞はうなずき、考えはじめる。


明けて翌々日。四月六日。

一郎たちは前夜から訓練停止になった。戦いが近いということだろう。寝ろと言われても気分が高ぶって眠ることができず、一郎は規則違反を承知で起き出し、夜の熊本城を歩いた。見逃してくれた歩哨《ほしょう》に感謝しつつ、明かりもない熊本城を歩く。天守閣に登れば眺めもよかろうが、あいにくそこは立ち入り禁止だった。戦闘になれば最初に狙われるところだろうから、当然と言えなくもない。数日後にはこの天守閣はレーザーで貫かれ、ミサイルで吹き飛ばされるだろう。そう思えば無くなるのが惜しい気もして、覚えておこうと一郎は天守閣をしげしげと眺めた。

眺めながら考えたのは小山のこと。ついで偽物のことだった。偽物は取るに足らない小物に見えた。小物だから死者の名前を借り、小物だから芝村の庇護《ひご》を得た。そういうことだろう。もともとの名を隠す理由はわからなかったが、一郎はそれを調べる気力が湧かなかった。ただ悲しみだけがあった。

名前は服のようなものかも知れないと思った。冬の寒いとき、死者から衣服を剥《は》ぎ取って生きた者を断罪するべきかどうか、それと同じなのかも知れない。

背中を軽く体当たりされる。ウォードレスをつけた女性兵。別の隊の歩哨に見つかったかと思いきや、ヘルメットをかぶった小山だった。少し離れ、手を振る菊池もいる。

「どうしたのよ、こんな時間にこんなところで」

ヘルメットのフェイスガードを外しながら、小山は言った。口調はともかく嬉しそうで、それで一郎もつい微笑んだ。

「なんか眠れなくて」

「睡眠不足が原因で戦死したら許さないからね」

小山は唇《くちびる》を尖らせてそう言った。今は夜だなと、一郎はそんなことを意識する。見れば菊池は姿を消しており、それで顔を赤くした。

「なんで赤くなってんのよ。私まで恥ずかしいでしょ」

「ごめん」

小山も周囲を見る。顔を赤くする。いつかの夜を思い出したのは同じようだった。小山は一郎を見る。一郎は顔を傾けた。

二度目のキスは、三度目もしたくなるようなキスだった。一郎は顔を離して、誘惑に勝った。何度もキスしたら、怒り出すかも知れないと思ったのだった。

小山は考えるように唇に人差し指を当てていた。

「あんた私のこと好きだったんだ」

「そこは気づいてよ」

「告白してよ」

「する暇なかった。その前にキスされてた」

小山は黙った。横を向いた。

「それからあとだって、チャンスはあったでしょ。だいたい私、最初に愛してるって冗談まじりに言われたことしかない」

「愛してる」

小山は憤慨《ふんがい》した。憤慨したあとキスをした。

「ばーかばーか」

ちょっと離れて顔を真っ赤にしながら、小山はそんなことを言う。キスしておいてそれかよと思いつつ、一郎は手を取って引き寄せた。何か言い返そうと思ったが、何も言えず。小山も何も言えなかった。

随分たって抱きついていた手を放しながら、小山は囁《ささや》いた。

「まあその、生き残りなさいよね」

「そっちこそ」

「計算で助けてね」

一郎は二秒考えて、もちろんさと言った。

「何よその間」

小山は一郎が計算屋ではなく、一パイロットとして戦いに参加することを知らない。

「通信が入ったんだ。五分以内にそっちにも連絡が回ると思う」

一郎は全然違うことを言った。いや、通信は本当だった。リアルタイムで受信しながら、一郎は赤澤に感謝した。

「何それ」

「幻獣が動いてる。すごい数。熊本市中心部を一気に攻め込むみたいだね」

小山は慌ててフェイスガードを降ろそうとした手を止め、最後にもう一度一郎を見る。

「生きて」

「一緒にね」

一郎はそう言って機体へと走り出した。

整備場についたときにはラッパがかき鳴らされており、次々とパイロットたちが跳ね起きていた。

「いよいよだな」

滝川は鼻の頭をなでながら言った。

この日までにはどんな間抜けなパイロットも、訓練内容から、上が熊本城で大規模なドンパチをやらかすつもりらしいと理解をしていた。

「敵が前線を突破するまで少しかかると思う。抵抗なしに開口すると、流石《さすが》に怪しいから」

「ん。じゃあ、今日が熊本最後の日ってわけじゃない？」

滝川は一郎の言葉から幾つか理解してそう聞き返した。熊本市を守るように布陣している前線が普通に突破されるか、わざと突破されるかでは、意味が全然違うのである。

「まあうまく行けば、だけど」

「そっか、じゃあ生きてみっかなー。さんきゅ。一郎」

滝川は笑ってそう言った。彼は死ぬ気でいたようだった。

偽物はどうかなと一郎は思う。死者の名を奪っても生きようとした彼は、この期に及んで何を思うだろう。

機体の横に待機し、午前三時半に事務の加藤祭が握ったおにぎりを食べた。この日の握り飯には鮭《さけ》が入っており、加藤がこの日のために、物資調達係として無理を重ねていたのであろうことが偲《しの》ばれた。

ありがたいですなと、宮石《みやいし》が一口で握り飯を食べたのが、印象的だった。

夜明け三〇分前の四時頃には、敵が前線を突破して渡河に成功し、呉服町《ごふくちょう》に雪崩《なだ》れ込んだとの連絡が入る。熊本城までは指呼の距離になる。

熊本城から見下ろせば、雲霞《うんか》のごとき数の赤い瞳《ひとみ》が揺れていた。キメラやミノタウロスという中型幻獣に混じってヒトウバンやゴブリンの群が大挙して押し攻めてきている。

肝の冷える光景だったが、善行は適当に無視してパイロットたちのもとに出向き、口を開いた。

「そろそろ出番ですね。皆さん搭乗を開始してください。長丁場になります。ウォードレスのトイレタンクでは容量が不足するかもしれませんからトイレは済ませておいてください。あと、秋草くんは少し残って」

一郎は黒い機体を見上げてうなずいた。小山を助けたいと、心から願った。

「我々は敵に勝ちつつ、生き残りを考えています」

善行の言葉は、聞けば至って普通の言葉に見えた。真意を図り兼ねて、一郎は善行を見る。

「その鍵《かぎ》は加藤さんと秋草くんだと思っています」

一郎はびっくりしたが、それ以上にびっくりしたのは事務官の加藤だった。

「え、うち？」

加藤が自分を指さしている。

「そうです」

善行は真面目な顔でいう。

「秋草機に乗り込んでください」


何千ものヒトウバンの群を眺めながら、放尿のあと食後のデザートとしてクッキーを食べるのは滝川である。緒戦《しょせん》、人型戦車が集合するのは熊本城を巡る戦いでは必ず激戦になるポイント、行幸橋《ぎょうこうばし》を越えた桜並木のある坂道である。

この坂道は西南戦争においても敵味方入り乱れての白兵戦になった。この坂道の途中、熊本城の入り口に堀立などの4333は布陣し、5121はこの坂を真下に見下ろす、熊本城の張り出した石垣の上に布陣することになっている。

この日の桜は例年から半月ほど遅れて今満開で、ちょっとした花見の風情があった。

「女子校の奴にもらったんだ」

クッキーを食べる速水の視線に気づいて、滝川はちょっと恥ずかしそうに言う。

「今食べなくてもいいんじゃない?」

「死んだらずっと食べられないだろ」

最後の一口を食べて、滝川は笑った。

「さあ、これで死んでもちょっとは怖くないぞ」

壬生屋《みぶや》がヘルメットをかぶる。

「そろそろ乗車しておきましょう」

「そうだね」

速水はそう言って立ち上がった。

士魂号《しこんごう》の構造上、速水は先に乗り込まないといけない。背後ハッチから複座機の前席に乗り込んだ。

一郎は加藤さんは戦車の免許というか技能もっていたっけと思いつつ、自らの複座に乗る。

神楽の匂いが少しして、一郎は状況も忘れて少し微笑んだ。

舞が遅れて走ってくる。加藤祭も。

機敏に飛び乗り、脚を速水の顔の横からつきだすようにして座る舞。

速水は顔を赤らめる。

「全機、スタンダップ」

善行の落ち着いた声がヘッドセットから聞こえてくる。

待機していた一二機の士魂号が一斉に立ち上がる。否、秋草機だけが、遅れている。

「一郎、遅いぜ」

滝川が無線に向かって怒鳴る。

「え、いや、でも」

秋草は焦りながら口を開く。要領を掴《つか》んでいない加藤が、うまくコクピットにつけないでわたわたしている。キュロットから突き出た生足に目が奪われた。末綱《すえつな》の次くらいには綺麗《きれい》な脚ではあった。いや、それどころではない。

わー、きゃー。と至近で声がする。

「加藤さん、乗り込んで何するの」

「うわーエッチぃ、見んといてー」

「見ないけど！」

どうにか姿勢を直して席につこうと、加藤は無理やり狭い操縦席に入り、背面の重いハッチをなんとか閉めた。指を挟まないで本当に良かったと一郎は思う。これまでで数名、それで指を切断した事例がある。

「委員長の命令や。放送委員として働けって」

委員長とは善行のことで、放送委員とは加藤が事務の合間にやっている各種の学校内放送の仕事を指すらしかった。

なんとか乙女的に隠すところを隠しつつ、加藤は良くわからない機械を見た。

「マイクどれ？」

「右上です。あの、わからないスイッチは押さないでください」

「まかせとき。うちはこう見えて機械は全然なんや」

いや、見たまんまじゃないか。一郎はそんなことを考えながら目を彷徨《さまよ》わせる。すでに51　21所属の三機は出発をはじめている。

加藤はおもむろに靴を脱いで、脚で秋草の頭を踏んだ。

「今の目は乙女にするものやないで」

「踏むのもどうかな」

「あら、踏まれて喜ぶ人も最近は多いそうやで？」

なんと言い返すか迷うが、幻獣はすでに行幸橋を越えようとしている。

単なる通信なら本部の通信機でいいじゃないかと考え、加藤を置いていくかどうか迷い。いや、戦車の中のほうが彼女も安全だと瞬間的に判断した。機体を立ち上がらせる。ヘルメットの顎紐《あごひも》をはずす。

「舌を噛まないでね。頭をぶつけないように。僕のヘルメットとってかぶってて」

「ジブンも頭ぶつけるんとちゃう？」

「後席のほうが狭いんだよ」

善行が何を考えているかわからない。

一郎は慌てて機体を走らせて、数百メートルを走り降り石垣越しに上半身を露出させた。背中が膨れていない単座機は、より射撃に有利な姿勢として石垣の上に伏せて射撃体勢を作っている。

行幸橋の真ん中には重装甲の人型戦車が弁慶の如く居座って戦っており、その奮戦のせいで未だ敵は行幸橋を越えられないでいた。時間の余裕は、もう少しある。

「味方は市街地に撃ちたくないだろうからわかるけど、幻獣の砲兵《ゴルゴーン》が撃ってこないね」

速水は敵の動きを見ながら言った。

「遺跡《熊本城》を壊したくないのだろう。直接照準と白兵戦で攻略するつもりだ」

舞がそう返しながら士魂号を操作し、両手に機関砲を持たせた。

壬生屋機、滝川機も両手にそれぞれ機関砲《二〇ミリ・ジャイアントアサルト》を装備。石垣の下には山ほど二〇ミリ砲弾が集積してある。壬生屋機の周囲には超硬度小剣が何本も刺さっていた。

「敵は行幸橋を迂回するようです。陣地移動。長堀へ。敵が射程内に入ったら撃ちはじめてください」

善行の無線。秋草機も二丁の機関砲を持ちながら、口を開く。

「隊長。加藤さんをどうするつもりですか」

「彼女は我々が生き残るための生命線です。貴方も含めて生き残ってください。他の機体を見殺しにしても自己の保存を優先してください」

「どういうことですか」

善行に食ってかかろうとした一郎の頭を加藤が踏んだ。口を開く。

「委員長は指揮で忙しいんや。あんたも銃をぶっ放す仕事をちゃきちゃきやる」

「加藤さんが怪我したらどうするんだ」

「嬉しいことというなぁ。でもな、うちかてみんなの仲間や。覚えとき」

加藤はにっこり笑ったあと、真剣な顔で言った。一郎は悲しそうに視察窓を見る。

戦争はいやだ。戦争はいやだ。

そう思いながら機体を走らせ、二四〇メートルに及ぶ長塀と石垣の上に再布陣する。巨大な蜘蛛《くも》に見えることからタランテラと名付けられた幻獣を攻城塔として、その上に鈴なりのゴブリンたちが乗って堀を超え、石垣の上を突破しようとしている。

５１２１各機がほとんど同時に引鉄を引いた。

八門からなる機関砲の低速散布射撃から５１２１の熊本城攻防戦は幕を開けた。一瞬でミンチになるタランテラ上のゴブリンたち。歯を食いしばって一郎は撃っている。

ゴブリンが全滅してもタランテラは前進をやめず、一郎の士魂号はまだ回転を続ける機関砲を置いて無反動砲を手にした。一六〇ミリ無反動砲、別名ジャイアント・バズーカである。元は楽器のバズーカに似ていることからアメリカ軍が対戦車兵器につけた愛称だったが、日本人もこの愛称を頂戴し、広く使用している。楽器のバズーカが廃《すた》れ、忘れられてもこの呼び名だけは未だ残っていた。

低速のため、一六〇ミリ無反動砲の弾道は安定しない。それで、敵を引きつけて撃った。視察クラッペから目をそらし、閃光と煙を避けて再度の武装交換を行う。ジャイアント・バズーカは単発である。

見れば壬生屋機や速水・芝村ペア機も同じように無反動砲を撃っていた。的が大きいせいか、それとも近いせいか、いずれも命中、タランテラたちは脚をへし折られ、傾いては長堺の前に倒れて行った。

滝川機は二〇ミリ機関砲をあらぬほうへ撃っている。一郎は何をしているんだと思ったが、すぐに原因に気づいた。二〇ミリ機関砲の砲身が加熱して弾に着火、引鉄を引いていないのに勝手に弾丸が出る状況に陥っているようだった。こうなると武器をすぐには交換できず、弾切れになるまで待つしかない。

一郎は随伴歩兵である宮石と大木《おおき》が滝川機の弾帯を切断するのを見た。

「敵は行幸橋ではなく、さらに西にある洗馬橋《せんばばし》から渡河しています。行幸橋の背後に出る模様。ゴブリンとキメラ、ミノタウロスの大集団。5121は長堺を後続部隊に任せてポイントワンで迎撃を開始してください」

善行の落ち着いた声を聞きながら、一郎は武器を全部捨てて走る。後席の加藤が何か言っているのを聞きながら、意識を集中。最初に布陣した陣地に戻って二〇ミリ機関砲を再度両手に持った。

幻獣が行幸橋の背後に出る。そのまま橋の上でなお戦う重装甲を包囲するかと思われたが、無視して坂を登りはじめた。

一郎は味方が死んでいくのを見ないで良かったと思いながらも、敵の動きが雑に見えて仕方なかった。

数に任せて戦うのはいつものことにしても、それにしたって今日は無茶を重ねている。

芝村舞がなんと言っていたか、一郎は思い出そうとしてみる。遺跡がどうとか言ってなかったか。

「やばい。ヒトウバンも来てる」

一郎の思考は滝川の言葉で中断された。空を飛ぶ頭、ヒトウバンの大集団がゴブリンの頭上に出現している。

「今まで姿を見せてなかったのに」

偽物がそんなことを言っているのが聞こえた。一郎もそう思った。そもそもヒトウバンは人間の遺体の再利用ということもあり、速度的に速いことから偵察に用いるはずだった。損害を受けてもあまり痛くない、そういう使われ方をしていたはずだ。

それが、先鋒ではなく、今姿を見せている。後席に神楽か末綱がいればと、一郎はそう考えた。考えながら、射撃を開始する。

吹き飛ぶヒトウバンの群にゴブリンの群、それが途切れることもなく行幸橋からの長い坂道を上ろうとしている。西南戦争でも激戦があったそこを狙い撃つのは５１２１に所属する四機の士魂号であり、これら四機は石垣の上に布陣して上から掃射をはじめていた。

一方、坂道の上には4333の三機が伏せていて、こちらは堀立瑞希の指揮の元、散布射撃をしていた。

「相変わらず壮観だわ」

「観測とくらべりゃ、足下から見てるんで危なくないしね」

吹き飛ぶ幻獣の群れを見ながら、坂道の上に布陣する小山たちはそんなことを言い合った。もちろん。間違いである。

堀立の高笑いが止まる。薬莢《やっきょう》袋が破れて小山たちは逃げ回った。

「でも、動かないで撃つだけなら人型戦車いらなくない?!」

逃げながら大声を出す小山。近くにいた深澤はメガネを指で押しながらにやりと笑った。

「そのとおりです。それは僕も考えて、用意しています」

ブルーシートを剥《は》ぎ取り、出てきたのは二〇ミリ機関砲六門を木の台の上に並べて盛った土の上に据え付けただけの銃座である。引き金が改造されてコードで繋がれており、そのまま士魂号に繋がれていた。

「これで時間当たりの発射弾数は二倍です!」

「すてきです!　深澤さん」

空気が読めてない堀立の応援に、メガネを指で押しながら、照れる深澤。呆然とする菊池と小山。呆然としたのは銃座にではなく、堀立と深澤のやり取りだった。まさか付き合ってるのか、いやでも掘立は戦略的行為とか言っていた。ああでも、笑顔の掘立は、打算抜きで嬉しそうに見えた。

一斉射撃で発生した発射煙で、かぶせていたシートやら土が一気に吹き飛んだ。敵もついでに吹っ飛んでいく。小山と菊池の掘立への疑惑も、空に飛んでいった。

その様子を、頭部センサードーム下の視察窓から見ている士魂号がいる。速水、芝村機である。

「味方ががんばってるな。ゴブリンは友軍に任せて我々はヒトウバンを優先的に狙う」

善行が海軍歩兵を率い、長塀の防御指揮に移ったので、舞が一時的に5121小隊指揮を取っている。舞の指示に、りょーかーいと滝川が叫び、仕方ありませんねと壬生屋が言った。

「こちら若宮《わかみや》。加藤神社側からもヒトウバン」

天守閣に登り来須《くるす》と並んで双眼鏡を使い、観測する若宮が言う。天守閣から見れば南、南西、今度は東と、敵は数に任せてあらゆる方向から突入を開始していた。

舞は二秒考えて、滝川機と壬生屋機に東側へ移動するように指示した。独断であった。

――ヒトウバンの出し惜しみは、飽和攻撃のためか――

一郎はそんなことを思いながら引鉄を引いている。敵はヒトウバンの投入タイミングを遅らせ、一斉攻撃でこちらの対応力を飽和させて打撃を与えようとしている。普段よりはるかに損害が出るような、そんな攻め手を選んできている。

計算が欲しい。随伴歩兵に弾帯を繋《つな》げて貰いつつ、連続射撃しながら一郎は思う。現状ではどれくらいの速度で弾を消費すべきなのか、それすらよくわからなかった。

舞の下した指示と同じ指示が、一〇分ほど遅れて上層部から下された。舞は誇ることもなく、静かにガンナーとしての役を果たしている。右手と左手を速水と分け合って射撃しているのか、両手の武器でそれぞれ別の目標に命中させる離れ業を披露していた。

うしろの加藤はわーきゃー言っている。なんのため来たんだと思う一郎。だが長く考える時間もない。新手の敵が坂を上りはじめている。

「キメラとミノタウロスの聯合《れんごう》部隊。七個小隊規模」

足元にいる大木が、静かに報告した。

「キメラを優先で狙え、武装交換」

坂道を上がろうとしているキメラが上から狙い撃ちされる。92ミリQF砲に持ち替えた複座の二機が狙撃開始。先頭から順次二体ずつのキメラが上から装甲を撃ち抜かれて死んだ。

キメラが撃ち抜かれる横を、幻獣版の人型戦車とも言えるミノタウロスが坂を上がる。

「ぎゃーミノタウロス」

菊池と小山が叫んだ瞬間、並んだ掘立と深澤が腕を組んで笑った。深澤の手で新たなブルーシートのカバーがはずされた。92ミリQF（だけ）が6門並んでいる。

「ちょっ、弾をばらまく武器ならともかく、戦車砲でそれって、細かい照準どうすんのよ！」

「そこは人の努力です。諸元を戦車から入力します、歩兵部隊！　出動！」

深澤は堂々と言った。堀立がそれを見て優しい顔して笑っている。

嘘、マジ？　と思う菊池をひっぱり、小山は92ミリQFを部下の歩兵たちと並んで押した。

「あたしらは砲兵か」

「ミノタウロスに肉薄攻撃するよかマシだっての」

整備の機転によるまさかの砲門数水増しに、ミノタウロスは連打を浴びせられる格好になった。一発二発では落ちないその重装甲も、連打されれば二の腕が吹き飛び、頭が吹っ飛び、足下が崩れて坂道を転げ落ちた。

今は、あの偽物と二機だけか。射撃をしながら一郎はそう思う。

今なら殺せるんじゃないか。そうとも思った。そう思いながら、目はキメラを追い、指は引鉄を引き続けている。

それにしてもうしろの加藤さんは何をやってるんだろう。

加藤は先ほどからじっと機器を睨みながらぶつぶつヘッドセットに向かって何事か言っている。

一郎はため息をひとつ。射撃する。射撃する。

神楽からコールが入った。一郎は引鉄を引きすぎて人差し指に痺《しび》れるような感覚を覚えながら、無線のスイッチを切り替えた。

『やられたな』

「何が？」

トレーラー内の移動電算室で腕を組む神楽は、マルチ表示された画面を見上げた。熊本城攻防戦の様子が、生放送《ライブ》で放送されている。

ラジオで、TVで、熊本城を囲む各部隊が固唾《かたず》をのんでその戦いを見守っていた。

――味方みんなが見ている。これでは大量破壊兵器を使えん――

神楽は腕を組んだまま、そう思った。妹め。よくやる。

『なんでもない。秋草。チャンスだ』

「チャンス……？」

『お前の大事な人の名を奪った者を、殺すチャンスだ』

神楽はそう言った。

3

撃てと言われて、コクピットの中の一郎は言葉に詰まった。

「何を言ってるの」

『撃て』

神楽は腕を組んだまま言う。

「……そんな」

『名を奪われた死者のために。本物の速水厚志のために、撃て』

「あいつの機体には芝村って名前の娘が乗ってる」

『妹だ。年上だが』

「それならなぜ」

『生きるためだ』

「生きる……」

『打算で生きろと言ったぞ。聞け、秋草。善行はお前たちの行動を公衆の電波に流して放送している』

放送を食い入るように見る人の姿が、見えたような気がした。

『友軍が必死に戦っている映像だ。血反吐《ちへど》を吐きながら正義を守る映像だ。心は、動くだろう』

「皆が協力すれば、勝てるかも知れない」

『莫大な被害を出しながら、か?』

神楽は面白くなさそうにウサギのぬいぐるみの手を動かしている。妹と一緒に遊んだことを思い出す。

『いいや。秋草。それは感傷というものだ。ここでの正解は、中継を打ち切り、大量破壊兵器を使用する。ただそれだけだ。それで多くの学兵の命を助けることができる。ここで生き残った戦力は他で活躍し、さらに多くの人命を助ける』

「妹さんじゃないか！」

『あれは自分の意思で家を出た。自立するとはそういうことだ』

「５１２１から学ぶことがあるって言ってたよね？」

『それはすでに終わった。偶然の組み合わせだ。妹がいて、善行がいて、お前が見たいろんな人々がいた。その偶然の組み合わせが、信じられない強さを作った。そんなものは真似《まね》できない。だからもういい。次の策だ』

深く静かに、神楽は言う。

『恨みをはらせ。秋草。そして、機体を捨てて脱出しろ。放送停止後二〇分で大量破壊兵器を投下する。人型戦車の全部と５１２１をここで全滅させても、釣りが来るだけの戦果があがるという計算だ』

通信が、切れる。一郎は蒼白になりながら考える。

後席を見る。加藤がさっきまで必死にマイクを掴みながら戦場の実況中継をしていた手を止め、一郎に向かって「いやーん、エッチー」と言っている。

隣の機体を破壊し、彼女を殺す。そんなことを考えてもみた。

隣の機体を見る。射撃を続ける、憎い憎い偽物。憎くて憎かった、偽物。

引鉄に手をかけ、指を引く。ヒトウバンの一団が吹き飛ぶ。判断保留の時間稼ぎに幻獣を殺すなんて最低じゃないかと思う。

突然、味方からの通信が入った。通常の通信ルートでなく、ハッキングした個人通信だった。悲鳴のようなものが聞こえて、一郎は肝を冷やした。

「深澤くん⁉」

『敵が、予想より多くて、もう駄目かもしれません。上からは三〇分前に死守命令が出たきりで……そっちはどうですか、上との連絡は取れてますか』

戦う士魂号の機体にすらゴブリンが取りつこうとしている。それを突撃銃の斉射で追い払いながら、小山は深澤から通信機を奪った。

『秋草でしょ。そっちはどう』

「どうって、敵が多いよ」

『そうでしょうとも。まあ、こっちも頑張ってるから、そっちもがんばれ』

言うそばから小山は射撃してゴブリンを倒した。

『じゃ』

そう告げて通信を切る。

「わぁ、何で通信切るんですか!」

慌てる深澤に通信機の受話器を返しながら、小山は横を向いた。

「どこも同じよ。それと、命令は死守でしょ。他部隊に勝手に応援なんか頼んだら命令違反だって」

「応援じゃありませんよ! 状況確認です!」

「ほんの少しも救援を考えてなかったって言い切れる? あいつはお人好しなんだからね。軍法会議もののことだってやりかねない。」

片目をつぶって照準する菊池が銃を撃ちながら、小山に笑ってみせた。

「ほんの少しくらい、ここに来なきゃ秋草くんが生き残るかもしれないと思った?」

小山は黙る。菊池は朗らかに笑った。目の前でゴブリンが爆《は》ぜた。

「ま、どうせここは駄目っぽいしね。またミノタウロス来たよ。弾残ってる?」

受話器を手にした深澤は深い絶望を表情に浮かべたあと、震える掘立を見て勇気を振り絞り、受話器を捨てて最後の九二ミリ砲弾が入った弾薬箱を掘り出した。敵味方が跳ね上げる土に埋れていたのだった。

弾を補充しながら、深澤は菊池に向かって口を開いた。

「死にフラグになるって思って黙ってたんですけど、僕、転属申し込んでたんです」

「最前線から、転属? 難しくない?」

菊池は死にフラグって何か聞けばよかったかなと、陽気に笑って深澤から受け取った砲弾を弾倉に込めた。九二ミリ砲弾は大きく、バネで弾を持ち上げる普通の銃で見られる弾倉を採用していない。バネがすぐにヘタってしまうからである。弾倉は本当にただの箱で、これを銃の上に装備し、重力の力で装弾するようになっていた。

「最前線で全然いいんですけど、僕動物大好きなんですよ。戻りたいところもあるし」

「なるほど。いい話じゃない」

「菊池さんは心残りなさそうですね」

菊池はそう言われて透明に微笑んだ。

「まあね。どうせ、高嶺《たかね》の花だったし。よし、最後まで戦って、敵をうんざりさせよ?」

「あんたも祈るのはやめて武器くらい持ちなさいよね」

小山はロザリオを手にする掘立に言った。拳銃を渡し、菊池の隣に陣取って突撃銃を構えた。

敵が一時的に途切れる。先ほどからの緊張の糸が切れて意図的に目の前の惨劇《さんげき》などないかのように振舞っている異常な自分に気づき、泣きそうになる。銃を握り直す。塹壕《ざんごう》から顔を出す。

菊池はまだ優しく笑っている。

「ところで、最後の別れにしちゃ、淡白じゃない? じゃ、なんて。愛してるとか言えばよかったのに」

「うっさい。あいついつまでもクヨクヨしそうだから、そうならないようにしただけ」

「本当に大好きなんだ」

菊池は笑って言った。小山は涙を拭いて戦意を取り戻そうと考えた。

「天国の私のところに来るなら、精一杯生きて、戦って死んで欲しいの。それだけ」


一郎は引鉄を引く指を止める。幻獣の攻勢が、一瞬途切れた。

『秋草』

三度め不意の通信に、びっくりする一郎。声をかけてきたのは、隣の機の、舞だった。

『通信は傍受していた。行ってくるがいい』

「いや、でも」

『大丈夫』

割り込んできたのは速水だった。

『命令違反なら、なんとかなるよ。僕たちここで戦ってるから、援軍終わったら戻ってきて」

「戻れるかどうかなんかわからない。幻獣は多いよ」

『多いかどうかの問題ではない。やるかどうかの問題だ』

舞は偉そうに言った。まったくこの一族はよく似ている。

「精神論だね。戦争は精神論じゃない」

『……では見捨てるのか？』

一郎は黙った。考え、顔を上げる。

「なんで速水厚志なの」

『なんのことだ？』

舞が尋ねている。偽物はどんな顔をしているだろう。一郎は表情を見たいと思いながら、待った。何秒間だったと思うが、ひどく長い気がした。

『あ、あの。名前、なかったから。番号しかなかったから』

「そうか」

一郎は機体をしゃがませると、前席にある脱出キーを押して後席をシートごと地面に落とした。安全ベルトをつけた加藤が、シートごと転がって行くのが見えた。あとで相当怒られるだろうなと一郎は思う。

「ええと、芝村さん。アパートの速水くんのロッカーにだけ名前がきちんと書いてあったから、不思議に思ってたんで訊いたんです。普通書かないよねって」

一郎は口から出まかせを流れるように言った。偽物はおそらく、脱走した軍の生物兵器だったのだろう。一郎はそれで、なぜ速水が異常に強いのかを理解したと思った。兵器として士魂号のお仲間だったというわけだ。納得しながら壬生屋機が残した小剣を何本か抜き、片手には機関砲を持って機体を走らせた。

「加藤さんは置いていくよ。大丈夫。実況中継は僕が続けるから」

そう言って、小山の元へと飛ぶように走った。士魂号複座型の正式名称を騎魂号《きこんごう》というが、このとき、一郎は騎士として、一人の女性を助けに向かっていた。

「こちら熊本城。聞こえている人がいたら、覚えておいてください。僕たちは最後まで、郷土を守ります。どうかあの娘のそばで死ねますように」

その放送は、耳を傾けていた将兵たちの頭をハンマーで殴ったような効果を示した。各地で彼らを救えと上官に詰め寄る兵士たちの姿で溢《あふ》れた。

神楽は移動電算室にて一郎の動きを見て口を歪め、對馬《つしま》は微笑んだ。

「賭《か》けは外れましたね」

對馬がそう言うと、神楽は立ち上がって、自分の席にウサギのぬいぐるみを置いた。

「そうだな」

「小山美千代《みちよ》を、いつでも狙撃する準備があります」

「やめよ。もう勝負は決まったのだ」

神楽は末綱を連れてトレーラーから外に出た。髪が風に揺れている。時刻は昼過ぎか。熊本城からの土煙で、太陽が黄色い。

「人類は大勝のチャンスを無くし、泥沼の戦いを選んだ。小山を殺したところでどうにもならぬ。一郎が人中の竜として目覚めたりもせぬ。あれはただの人間であることを選んだのだ」

「どこに行かれるのですか？」

對馬が背中から呼びかける。神楽は年相応の幼女のような笑顔を浮かべ、何も言わずに末綱の運転する軍用の小型トラックに乗り込んだ。

4

攻撃が一時的に止んだのは、幻獣が砲撃を開始するためと思われた。

程なく砲撃がはじまり、行幸橋を、天守閣を、熊本城全域に砲弾の雨を降らせ、滅茶苦茶に爆発させた。

天守閣が燃え落ちる。若宮は来須と一緒に、へし折れ、燃え盛る天守閣から脱出した。そのままウォードレスを、巨大な四本腕のウォードレスに着替えていた。

「ストライカー〝D〟なんてよく手に入ったな」

若宮はそう言いながら、善行の元へ戻ろうとした。天守閣の脇はどこも燃え、どこが司令部だったかわかりかねた。

「敵さん、相当戦力を無くして疲弊《ひへい》してるのかもな。それで手段を選ばなくなったと」

無口な来須の代わりに、若宮は一人で喋りながら司令部を探す。煙に目をやられながらも凝らして見れば、司令部では戦闘が行われていた。鈴木総司令が自ら手持ちの対戦車ロケット砲を持って戦闘をしている。敵は同じく人間のようにも見えた。

「どうする」

来須が言葉少なく、そう尋ねた。若宮はこの数一〇分指示がなかったのはこのせいかと考えた。敵は人間に化けて他の部隊には知られず、司令部を直接攻撃していたのだ。

「聞いたこともないが幻獣の暗殺部隊か。ええい、委員長は大木と宮石さんに任せる。行くぞ」

若宮は機械腕の四〇ミリ砲を撃ちながら前進した。戦いはなお佳境である。


「司令部が襲われていた模様、なお戦闘中」

一郎は平文の全方位通信を聞き、びっくりしながら剣を抜いた。砲撃は止み、晴れる煙の向こうからミノタウロスたちが前進して来るのを見た。自己の機体の状況を確認する。運良く直撃弾なく、破片をいくつかうけて頭部のレーダーが破壊され、左腕が上がらないだけで済んでいた。広範な面制圧攻撃、直接照準ではないとはいえ、この程度で済んだことは喜ばしい限りだった。

一郎はクラッペから直接敵を肉眼で見ながら機体を走らせる。小山たちの状況はわからない。小剣を振るい、白兵戦でミノタウロスを切り倒し、それを何度か繰り返して、たった一機で敵の進撃を押し返した。

上がらない左腕に、放置された人型戦車用の盾を持たせ、装甲を確保。これに伴う左右バランスの変化はフットバーの操作で当て舵《かじ》して調整した。

血が沸き立つのを感じながら、一郎は土煙が晴れるのを待ち、何人かが動き出すのを見た。

小山はどこにいるんだろう。そればかりを考えた。

「美千代！」

上部ハッチを開いて、一郎は身を乗り出した。脚で踏んで操縦桿をあやつり、機体のバランスをとる。はじめて呼んだファーストネーム。

菊池ともども、埋れた塹壕から顔を出した小山を見つけた。

咳込《せきこ》んでいた小山は一郎を見て、土だらけの顔で怒ってみせた。

「あんたねえ、与えられた任務くらい守りなさいよ！」

「それより大事なものに気づいたから走ってきたんじゃないか！」

大声の応酬《おうしゅう》は通信を通じ、熊本城から全土に流れた。

幻獣が来ていない北側からたどり着いた軍用の小型トラックのラジオからも、小山と一郎の声は流れていた。

トラックが停まり、髪を指で梳きながら、神楽が降り立った。遅れて末綱が降り、菊池に走り寄る。菊池は自分が汚れていたので、末綱が来るのを恥ずかしそうに嫌がった。

「深澤は無事だな。秋草。後席はシートがなさそうだが、それだけか？　司令は無事らしい。停止した司令部機能を私とお前で……この機で代用する。それと、痴話《ちわ》喧嘩の放送はやめろ。

士気が萎《な》える」

「神楽」

「私の手先《一郎》が正義を摑めと言ったまでだ」

神楽はそう言ったあと、幼女らしからぬ苦笑を浮かべ、次に年齢相応の笑顔を見せた。

エピローグ

熊本城での戦いはまだ、続いている。

最初に到着した援軍は北熊本に配置された砲兵団の保有する超重砲の砲弾であった。

日本陸軍が保有する最大の、そして最古の砲である富士砲《ふじほう》と阿蘇砲《あそほう》、二門の口径三五・六センチ、口径長四五砲が、間接照準にて砲撃を開始。この砲弾が着弾をはじめたのである。

かつて日本海軍の戦艦・扶桑《ふそう》に積まれていたこの巨砲は、その本来の持ち主である戦艦が沈んだあと、沿岸防備用として陸軍に移管された要塞砲である。

要塞砲でありながら列車砲の形式であるため沿岸から輸送することができ、こうして熊本防衛に使われることとなった。

しかしこの大砲、威力は高いものの、これまでは陸軍でも海軍でも今ひとつ持て余し気味だった。大きすぎて使い道に困り、演習でも特に使われることもなく、軍事援助として海外に送られることもないまま長らく死蔵されていた。

それをこの兵器不足の折り、猫も杓子《しゃくし》もということで熊本の戦いを機会に引っ張りだされてきたのである。

富士砲に使われていた大砲の製造は一九一二年。九〇年前の砲である。すでに作られた時の政体も人間も、戦術も状況すら何もかも変わっていたが、日本を守るために作られた大砲は齢《よわい》九〇にして、正しくその役目を果たすことになった。

これが、熊本城に向かって射撃を開始している。

最初の着弾は一二時九分。発射はその二分前である。

最初の一発目は、見事天守閣に命中した。

旧来、熊本城天守閣は幻獣の攻撃によって倒壊したとされていたが、真実は富士砲か阿蘇砲の巨弾によってである。西南戦争でも、防御側の官軍によって天守閣は燃やされているから、つくづくこの城は防衛側によって破壊される運命にあったようである。

熊本と熊本城の象徴と言える天守閣の着弾と倒壊は、多くの人々を悲しませたが、それだけではなかった。

おお、俺らの城が燃えとるぞ、と空に向かって吠えたのは結城真由《ゆうきまゆ》という男である。名が親の手違いで女性名であったが立派な丸刈りの男子高校生であり、学兵だった。彼は塹壕《ざんごう》から出て同級生たちと燃える熊本城を見て皆で涙し、銃を持って戦場に駆けつけようとした。

「おお、俺らの城が燃えとるぞ。熊本が燃えとる、なんばしよっとや戦わんか。俺は今死んでも構わんぞ!」

そんなことを叫んで上官の制止も止めず、彼と同級生数名は熊本城へ向かって走って行った。

うしろから撃たれて銃殺されてもおかしくなかったが、彼らが処罰されることはなかった。彼の上司もまた、共に銃を持って皆のあとを追ったのである。

同様の事例はこの日、あちこちで見られた。あまりに数が多すぎ、あるいは部隊ごと命令を無視して動いたため、陸軍はこれらの行動を罰することがついにできなかった。

これが後に陸軍記念日、世界的大勝、歴史の転換点などと言われた、熊本城攻防戦の真実である。


一人でできないことも、二人いればできることがある。

『侵入に成功した』

キーボードを叩きながら、舞《まい》が言った。

『すでに砲撃命令は出している』

同様にキーボードを叩きながら、神楽《かぐら》が言った。

熊本城での戦いは、まだ続いている。それぞれの複座型の後席から、二人の姉妹は声を発している。

「着弾観測の人員を割く時間も兵力もありませんよ」

二人の発言に対し、善行《ぜんぎょう》は顎髭《あごひげ》を引っ張りながら無線でそう答えている。神楽と舞は現状を変えるために、まずは砲兵の支援を受けることで意見が一致していた。

善行とてその必要性はわかっているが、なにせ人が足りないのである。

大量破壊兵器を使用する前提で作戦を立案した神楽は貴重品の砲兵を遠ざけていたが、遠くても射程の長い超重砲なら届くという抜け道を舞は見つけていた。今状況は変わり、二人は協力してこの重砲を遠隔操作で操りはじめていた。偽の命令書が飛び交い、砲戦用計算機の乗っ取りにも成功していた。

「だから、着弾観測の人員を割く時間も兵力もありません」

自分を指さす小山《こやま》と菊池《きくち》を見ながら、善行は無視してそう言った。彼は人が確実に死ぬような命令を出すのを嫌がった。それをやるぐらいなら命令も破るし芝村とも手を組むのだ。

『問題ない』

『そうだな。問題ない。あそこに良い的《まと》がある。あれを基準にして着弾修正を行う』

舞と神楽は同時に熊本城をマーカーで指した。互いが互いを士魂号のセンサー越しに見たが何も言わなかった。

善行は絶句したが、最終的には引きつった笑いを浮かべてこれを許可した。

「まあ、何もかも敵のせいにしましょう」

『それでいい』

善行はそう言って落ち着くことに成功した。

『勝てばいいのだ』

どちらがどちらの台詞《せりふ》を言ったのかはわからないが、舞と神楽が、それぞれそう言ったとされる。どちらも言いそうであると、速水《はやみ》厚志《あつし》と秋草《あきくさ》一郎《いちろう》は後に述懐している。

五分後に、熊本城の天守閣が吹き飛んだ。

善行はののみを守って抱き上げながら、敵がやったんですよと一〇回ほど口走ったが、周囲の全員は目の前の敵と銃撃戦を繰り広げていて、それどころではなかった。

もはや司令部と前線に距離はなく、善行も生き残りをかき集めて坂道での射撃戦を展開しはじめた。城に籠《こ》もらないのは、この期に及んでもまだ、逃げ出すことを考えていたからである。善行は死んで英雄になるつもりはまったくない。

「命中した。直ぐに次弾を撃つ。効力射が出るまで三分」

舞が画面を見ながらそう言った。速水は機体を揺らさないように超硬度小剣を振るい、敵ミノタウロス四体の撃破に成功している。

「頭の上には落とさないでください」

善行は髪の毛を心配しながら燃えて倒壊する天守閣を見上げて言った。

「私を誰だと思っている」

神楽は自信満々にそう言い返す。芝村家の人間は、時折判を押したような反応を示す。この時もまたそうである。期せずして神楽と同じことを、舞も口にしている。

秋草は機体を揺らさないように二〇ミリ機関砲を撃ち続け、歩兵の援護を行っていた。

眼前の敵が爆発して何もかもがわからなくなるほどの衝撃が周囲を覆い、歩兵たちが身を縮めて土をかぶるのはこの三〇秒後のことである。


熊本と熊本城の象徴と言える天守閣の着弾と倒壊は多くの人々を悲しませたが、それだけではなかった。一方で新しい時代の新しい人々が立ちあがり、動き出すきっかけとなった。

熊本城を包囲する敵をさらに包囲する人類側の将兵が、燃える熊本城に愛郷心と愛国心を延焼させて突撃を開始したのである。

それは誰かが狙って仕向けたことではない。それぞれ名々が勝手に動き、勝手な価値観を持って良かれと思ってやったことの総決算である。

それが、それこそが、この件に限らず歴史というものであろう。

秋草は機体を傾けて歩兵たちを守り、小山は顔を土だらけにして心配そうに黒い士魂号《しこんごう》複座型に微笑《ほほえ》んでみせた。

歴史的補講

一九九九年四月六日に行われた熊本城攻防戦において、人類は幻獣《げんじゅう》四個軍に相当する戦力を包囲殲滅《せんめつ》することに成功した。

この戦いにおける戦死、負傷は一四〇〇〇を数えたが、これは損害に比較して大勝利と言って良いものであった。事実幻獣はこの日を境に、九州での戦いを縮小させ、攻撃の目標を他に移した。人類は勝ったのである。

この日のことにちなんで四月六日は陸軍記念日となり、今でもこの日は熊本城が入場無料である。

行幸橋から坂を登った右手にある石垣の上には人型戦車の機関砲の薬莢《やっきょう》が大量に埋まっており、戦中戦後しばらくはこれを掘り出して地金として売り、小金を稼ぐものが続出した。しかし、戦後も五年ほどたったある日、たくさんのトラックがやってきて洗いざらい掘り起こして持ち去って行ってしまった。

この戦いのときに有名になった者の中に秋草一郎《あきくさいちろう》と小山美千代《こやまみちよ》がいる。

命令不服従で略式ながら軍法会議も開かれたが、証拠不十分で無罪になった。

一部の反閥派《はんばつは》はこれを芝村閥《しばむらばつ》の陰謀と反発したが、判事となった中佐は、くだらない審議であり軍はもっと重要な裁判が山積されていると言って反論した。多くの民衆は後者こそを支持した。

ガンパレード・マーチ　アナザープリンセス　了

高機動幻想
ガンパレード・マーチ

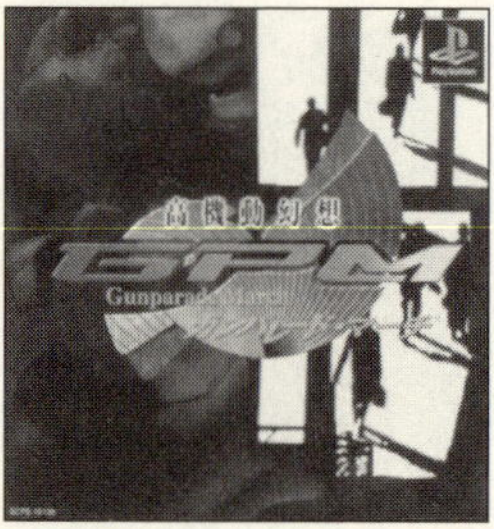

機種●	プレイステーション用ソフト
メーカー●	ソニー・コンピュータエンタテインメント
ジャンル●	GAME
定価●	6,090円(税込)
発売日●	2000年9月28日発売

アクション、アドベンチャー、シミュレーション……。ジャンル表記がままならないほど、ゲームのあらゆる面白さを、すべて盛りこんでしまった作品。舞台となるのは異世界から来た幻獣との戦いが激化する日本。プレイヤーは少年兵として軍の訓練校に入学し、パイロットとして腕を磨いていく。ゲームの進行はリアルタイム。学園生活で恋愛するもよし、必死で勉強するもよし、戦闘に明け暮れるもよし。自由度の高いシステムの中で、自分なりの楽しみ方を見つけよう！

◉芝村裕吏著作リスト

「マージナル・オペレーション01〜04」（星海社FICTIONS）
「ガン・ブラッド・デイズ」（電撃ゲーム文庫）
「この空のまもり」（ハヤカワ文庫JA）

本書に対するご意見、ご感想をお寄せください。

■

あて先

〒102-8584 東京都千代田区富士見1-8-19
アスキー・メディアワークス 電撃ゲーム文庫編集部
「芝村裕吏先生」係
「長田 馨先生」係

■

電撃文庫

ガンパレード・マーチ アナザー・プリンセス

芝村裕吏《しばむらゆうり》

発行 二〇一三年九月十日 初版発行

発行者 塚田正晃

発行所 株式会社アスキー・メディアワークス
〒一〇二-八五八四 東京都千代田区富士見一-八-十九
電話〇三-五二一六-八二六六(編集)
http://asciimw.jp/

発売元 株式会社KADOKAWA
〒一〇二-八一七七 東京都千代田区富士見二-十三-三
電話〇三-三二三八-八五二一(営業)

装丁者 荻窪裕司(META+MANIERA)

印刷 株式会社暁印刷

製本 株式会社ビルディング・ブックセンター

ISBN978-4-04-891967-8 C0193

電撃文庫創刊に際して

文庫は、我が国にとどまらず、世界の書籍の流れのなかで〝小さな巨人〟としての地位を築いてきた。古今東西の名著を、廉価で手に入りやすい形で提供してきたからこそ、人は文庫を自分の師として、また青春の想い出として、語りついできたのである。

その源を、文化的にはドイツのレクラム文庫に求めるにせよ、規模の上でイギリスのペンギンブックスに求めるにせよ、いま文庫は知識人の層の多様化に従って、ますますその意義を大きくしていると言ってよい。

文庫出版の意味するものは、激動の現代のみならず将来にわたって、大きくなることはあっても、小さくなることはないだろう。

「電撃文庫」は、そのように多様化した対象に応え、歴史に耐えうる作品を収録するのはもちろん、新しい世紀を迎えるにあたって、既成の枠をこえる新鮮で強烈なアイ・オープナーたりたい。

その特異さ故に、この存在は、かつて文庫がはじめて出版世界に登場したときと、同じ戸惑いを読書人に与えるかもしれない。

しかし、〈Changing Time, Changing Publishing〉時代は変わって、出版も変わる。時を重ねるなかで、精神の糧として、心の一隅を占めるものとして、次なる文化の担い手の若者たちに確かな評価を得られると信じて、ここに「電撃文庫」を出版する。

1993年6月10日
角川歴彦